COLLECTION FOLIO

Joseph Hansen

Les mouettes volent bas

Traduit de l'anglais
par F. M. Watkins

Gallimard

Titre original :

THE MAN EVERYBODY WAS AFRAID OF

Né le 19 juillet 1923 dans le Dakota du Sud, Joseph Hansen enseigne, après ses études, à l'Université de Californie. Il est surtout réputé dans les milieux littéraires américains pour ses poèmes.

Romancier, il signe sous les noms de plume de Rose Brock et James Colton, pseudonyme sous lequel il a publié *Known homosexuals* (1968) qui, comme son titre l'indique, traite de l'homosexualité. Il décida de créer une série policière ayant pour héros un homosexuel, ce qui rebuta apparemment les éditeurs dont la plupart refusèrent son manuscrit. L'homosexualité n'était pourtant pas une nouveauté dans le genre policier : on se rappelle les personnages du *Faucon maltais*.

I

En 1964, un raz de marée détruisit les cabanes voisines de la conserverie abandonnée de La Caleta et les bulldozers achevèrent le travail. La conserverie de poissons, elle, était solide et resta telle quelle : une extrémité sur la plage, l'autre en surplomb au-dessus de l'eau, elle laissait sa peinture s'écailler sous un toit de tôle ondulée rouillée. Des planches étaient tombées de chaque côté de la jetée mais les piles tenaient bon et soutenaient encore un treuil couvert d'une croûte de sel séché. Un grillage surmonté de barbelés affaissés entourait le terrain de l'usine, où s'accrochaient encore des écriteaux DÉFENSE D'ENTRER. Un double portail cadenassé fermait la route qui descendait au quai de chargement. Des herbes folles poussaient dans les fissures du goudron et elle était à moitié recouverte de sable.

Dave se rappelait le temps où la conserverie fonctionnait. Avant la guerre, quand il était gosse. Des Mexicains habitaient les cabanes de bois verni et travaillaient à l'usine. On la voyait de la route en corniche. Quand ils partaient en voyage dans le Nord, sourd aux protestations de telle ou telle jeune belle-mère, il suppliait son père d'arrêter la Marmon, l'Auburn ou la Lincoln Zephyr, pour observer du bord de la route les gros chalutiers qui déchargeaient leur cargaison brillante de reflets argentés au soleil. L'air était imprégné de la forte odeur de poisson cru, de soupe de poisson, il vibrait du grondement des machines de la conserverie, qui couvrait celui de l'océan, des cris des pêcheurs et des dockers que le vent emportait. Il y avait bien longtemps de ça.

Maintenant il était un homme mûr. Son père était vieux, il avait presque un pied dans la tombe. Ce matin-là, il était couché dans un lit très haut, dans une chambre grise à la porte corail marquée SOINS INTENSIFS. Un triangle de plastique embué masquait son nez et sa bouche. De minces tubes partaient du masque vers un réservoir d'oxygène. Des fils étaient maintenus par du sparadrap sur le dos meurtri de ses mains. Ils étaient reliés à des boîtes métalliques au chevet du lit. Une des boîtes était dotée d'un disque bleu où une ligne mauve irrégulière donnait des nouvelles de son cœur malade. Sur l'autre boîte un voyant orangé clignotait, hésitait, clignotait, brillait et s'éteignait.

Toute la nuit, penché au pied du lit, Dave avait observé les voyants tandis que les filles en blanc amidonné allaient et venaient dans l'ombre, prenaient des notes, tâtaient le pouls. Deux fois, elles avaient renvoyé Dave dans le couloir, pour qu'il s'assoie dans un fauteuil de plastique corail moulé, qu'il regarde sa montre et fume à en avoir la gorge sèche. Quand il rentrait, rien n'était changé. Une fois, la tête de son père reposait sur les barreaux du lit. Il la lui avait redressée et remise sur les oreillers anonymes.

Ce matin à six heures et demie, quand Amanda était

apparue – jeans et bottes, chandail à col roulé, collier Navajo, veste de peau – Dave était parti. Si son père se réveillait, il serait aussi heureux de voir sa nouvelle jeune femme que son vieux fils homosexuel. Plus heureux, peut-être. S'il ne se réveillait pas, il ne verrait jamais la différence. Dave ne pouvait rien pour lui. Et il avait horreur de l'impuissance. Il partit à son travail.

La route qu'il suivait maintenant longeait le grillage de la conserverie, traversait un promontoire, montait de la plage et tournait ; on perdait l'usine de vue. C'était une route privée. Elle conduisait à une maison des années 1920 de style espagnol, crépie de stuc blanc avec un toit de tuiles rouges. Isolée sous des arbres, elle dominait une petite crique paisible de la baie rocheuse qui avait donné à La Caleta son nom sans imagination. La maison avait été construite par le propriétaire de la conserverie. Quand la guerre avait mis fin à l'exploitation, elle était restée vide pendant des années. Ben Orton l'avait achetée au début des années 50, y avait vécu, y avait élevé son fils et sa fille, y était mort. De mort violente, naturellement. Orton était un homme violent.

Dave laissa la voiture au bord de la route sous un grand laurier-rose ivre de fleurs carminées. Le gravier crissa sous ses pas quand il monta par une allée en fer à cheval bordée de grosses pierres blanchies à la chaux et de géranium lierre en fleur. Un garage à deux voitures formait une aile de la maison. Une de ses portes était levée. Une Montego bleu lavande stationnait à l'intérieur. Le soleil se reflétait sur les fenêtres de la maison. Elles s'enfonçaient sous des arcades, leurs rideaux tirés. Au fond d'une arcade plus petite, Dave trouva une porte ornée de fer forgé. Il souleva le heurtoir. Les coups se répercutèrent avec un bruit creux, mais il savait qu'elle était chez elle. Il avait téléphoné dix minutes plus tôt, rien que pour l'entendre dire allô.

Il s'éloigna de l'ombre de la porte pour regarder, entre les troncs sveltes des eucalyptus, la baie qui s'étendait au-delà. Un chatoiement de bleus. Des algues brunes emmêlées flottaient à la surface. Des loutres de mer y vivaient. Il chercha le renflement d'une tête lustrée ou une mouette qui rasait l'eau. Les loutres mangeaient salement, il y avait toujours une mouette ou deux qui guettaient des restes. Il aurait eu besoin de jumelles pour en être sûr mais il doutait que les loutres soient là aujourd'hui. Les mouettes planaient paresseusement, très haut dans le ciel bleu. Il entendit un claquement de talons, le grincement d'un verrou, et se tourna vers la porte ouverte.

Elle était blonde et dodue, âgée de quarante-cinq ans ; des cernes sous ses yeux révélaient qu'elle avait mal dormi. Des équipes de télévision avaient filmé l'enterrement d'Orton. Des images avaient fait le journal de dix-huit heures jusqu'à Los Angeles, à quatre cents kilomètres au sud. Uniformes, drapeaux, coups de canon. Orton avait été Marine, autrefois. Sur le petit écran, sa veuve avait porté cette même robe noire, simple, éclairée d'un seul rang de perles. Sa mise en plis avait paru toute récente. Elle en avait toujours l'air. Son rouge à lèvres d'un rose discret était assorti à la laque de ses ongles, mais ils s'étaient écaillés depuis. Les yeux étaient bleus, ronds, et s'arrondirent encore en le voyant.

— Madame Orton ? dit-il. Brandstetter. Medallion Life.

Il lui tendit une carte qu'elle ne regarda pas. Elle garda

ses yeux de petite fille posés sur lui. Ils semblaient méfiants. Il s'expliqua :

— Votre mari s'était assuré sur la vie chez nous.

— Ça ne l'a pas sauvé, dit-elle amèrement, d'une voix de petite fille aussi, et ses propres mots parurent la choquer. Excusez-moi. Je ne suis pas dans mon assiette. (Elle respira profondément, fit remonter les coins d'une bouche souriante.) Que puis-je pour vous ?

— Quand la mort d'un de nos assurés n'est pas due à des causes naturelles, nous faisons une enquête.

Elle rit comme si elle croyait à une plaisanterie.

— Une enquête. Mon mari était le chef de la police. Il y a eu une enquête approfondie.

— J'ai lu les rapports de police, répondit Dave. Ce matin.

— Et le rapport d'arrestation ? L'homme qui a tué Ben est en prison, Monsieur (elle jeta un coup d'œil à la carte) Brandstetter. L'affaire est réglée.

— On le dirait. Mais je dois suivre la routine, dit Dave avec un demi-sourire. La femme d'un policier doit bien connaître ce mot. Je dois effectuer ma propre enquête et arriver à mes propres conclusions.

— C'est une telle perte de temps, protesta-t-elle en pliant la carte et en écrasant le pli avec ses ongles. Qu'est-ce qu'un homme seul peut espérer trouver de plus que toute une force de police ?

— Rien, sans doute. (Il haussa aimablement les épaules.) C'est le résultat habituel de la routine, n'est-ce pas ? Je vais essayer de ne pas trop prendre de votre temps.

Il la persuada à l'aide d'un nouveau sourire et fit un pas en avant.

— Oh, le temps… Je n'ai que ça, du temps.

Elle sourit aussi, froidement, mais ne recula pas pour l'inviter à entrer. Elle pencha la tête et fronça les sourcils.

— Votre comptabilité a besoin de votre rapport avant d'envoyer le chèque, c'est ça ?

— C'est ça.

Il sourit encore une fois. Elle ne lui rendit pas le sourire.

— Monsieur Brandstetter… Ben Orton a été tué par un coup qui lui a fracassé le crâne. Ça n'a pas pu être un suicide.

Il ne lui parla pas des autres détails, en dehors du suicide, qui pouvaient faire obstacle au paiement d'une assurance.

— Je vérifie les circonstances des décès de nos assurés depuis vingt ans, Madame Orton. L'enquête sur l'assassinat de votre mari n'a pas été approfondie, c'est à peine une enquête.

— Impossible. (Elle replia la carte sur elle-même. Ses doigts étaient crispés.) Ces hommes avaient une admiration sans bornes pour Ben. Ils auraient fait n'importe quoi pour attraper son assassin.

— Ils n'ont même pas essayé, dit Dave avec douceur. Ils se sont contentés du plus évident.

— Cliff Kerlee. Eh bien, pourquoi pas ? Son sac – comment appelle-t-on ça ? Cette grande sacoche sale à franges de cuir… Il était là, juste à côté du corps de Ben.

— Kerlee affirme qu'il n'est pas venu ici, ni à ce moment ni jamais.

— Que voudriez-vous qu'il dise ? répliqua-t-elle avec un rire méprisant. Il a crié à tue-tête qu'il voulait tuer Ben. A la télévision. Tout le monde l'a entendu.

— C'est une expression courante, Madame Orton. Pas jolie, mais rarement littérale. Je doute fort que ç'ait été la première fois qu'on la disait à propos de votre mari. C'était un homme controversé. Il avait des ennemis.

— Des gauchistes, des drogués, des dégénérés, protesta-t-elle, son petit menton belliqueux. Il se moquait de ce qu'ils disaient. Il défendait ce qui a fait la grandeur de cette nation.

Le soleil commençait à chauffer. Il assoupissait Dave. Il reprit :

— Dans le rapport de police, Hector Rodriguez, qui travaille pour Kerlee, affirme qu'il n'est pas sorti de chez lui dimanche.

— Que voulez-vous qu'il dise ? Vous savez ce qu'ils sont.

— Je sais ce qu'il est, riposta sèchement Dave. Un témoin. Justement ce qui manque à la police. Personne ne peut dire que Kerlee était ici. Pas même vous.

— Je ne me sentais pas bien. Je m'étais allongée en haut. Je me suis endormie. Je ne savais même pas que Ben était rentré.

— Rentré ? (Dave cligna des yeux au soleil.) Où était-il allé ?

— Eh bien, je...

Elle déchira la carte en deux et la regarda, surprise. Elle leva des yeux effrayés vers Dave.

— A... à son bureau. Oui. La police était sa vie. Il allait souvent...

Dave secoua la tête :

— Il n'y est pas passé. Pas depuis la manifestation, samedi matin, quand Kerlee a fait son joli petit discours. L'absence de votre mari était assez anormale pour que son équipe la remarque. Et en parle à un inconnu.

— Je ne sais pas où il était, dit-elle en regardant ses doigts mettre la carte en miettes, puis elle leva des yeux larmoyants. Vous ne pouvez pas… vous ne pouvez pas laisser tomber ? Qu'est-ce que ça peut changer ? Il est mort. Mort.

— Kerlee ne l'est pas. Ecoutez, Madame Orton. Il ne peut pas verrouiller sa camionnette. Les vitres latérales sont cassées. Il a laissé son sac sur le siège. N'importe qui aurait pu l'apporter ici. Y compris votre mari.

— Quoi ? s'écria-t-elle avec un rire sec. Pourquoi ? Il y avait une pétition dedans. Il avait toujours refusé de la prendre. C'est pour ça que Kerlee est venu. Pour essayer de le forcer à l'accepter. Comme si on pouvait forcer Ben ! Un individu comme ça ! Il y en a un autre, vous savez, Richard T. Nowell. Une épine dans la chair de Ben depuis des années. Mais lui au moins, il est d'ici. Une vieille famille de La Caleta. Mais cet énergumène de Kerlee ! Savez-vous qu'il les a agressés quand ils ont voulu l'arrêter ? Est-ce qu'un innocent ferait ça ? Oh non, c'est bien de lui. Il a apporté ce sac. Il a apporté le pot de fleurs.

— Que sont devenus les morceaux ? demanda Dave.

— Il en a toute une caisse chez lui.

— Pour mélanger à la terre, pour le drainage. La police les a examinés. Pas la moindre trace de sang ni de cheveux.

— Je croyais qu'on n'avait pas fait d'enquête approfondie.

— Seulement à propos de Kerlee.

— Il est pépiniériste. Et il y avait (les mots chevrotèrent, de rage contre Dave, de chagrin pour elle-même), il y avait des débris de pot de fleurs dans le cerveau de Ben.

— Mais aucun dans la pièce. Pourquoi ?

— Eh bien, il a tout nettoyé, naturellement. Il ne pouvait pas les laisser. Ils révélaient sa présence.

— Un homme tellement bouleversé qu'il en a oublié son sac ?

— Ça doit être lui. Forcément.

— C'est ce que la police a décidé. Madame Orton, ils n'ont même pas relevé d'empreintes digitales. Les seules photos de ce dossier ont été prises pour montrer le sac de Kerlee à côté du corps. Il avait menacé de tuer votre mari. Et ils sont allés tout droit le chercher, sans poser de questions.

— Et qui auraient-ils dû aller chercher ?

Elle essaya de ricaner mais rata son coup. Il y avait trop de panique en elle. Ses mains le révélaient. Elles lâchèrent les bouts de la carte comme de tristes confetti.

— Je ne sais pas, dit Dave. Mais je vais le découvrir. Et je vous serais reconnaissant si vous m'aidiez. Puis-je voir le bureau du chef Orton, s'il vous plaît ?

— Non, vous ne pouvez pas !

Elle se tenait raide, le menton levé, les yeux ronds et plissés.

— Vous ne m'abusez pas. Vous vous fichez éperdument de Cliff Kerlee. C'est à moi que vous en avez. Et à Jerry. C'est nous que votre compagnie devra payer. A moins que vous prouviez que l'un de nous deux l'a tué.

— Allons, voyons, Madame Orton. Vous vous énervez trop.

Elle n'entendit pas. Elle leva vers lui une figure congestionnée.

— Vous n'y arriverez jamais ! Jamais, bredouilla-t-elle. J'ai vécu pour Ben Orton. Il était tout pour moi. Demandez à n'importe qui, même à ceux qui nous haïssaient. A des journalistes. Daisy Flynn. Demandez-leur. Et Jerry ? Il vénérait son père.

Dave cligna encore les yeux en direction du soleil.

— Et Anita ?

Il l'entendit réprimer une exclamation mais ne la regarda pas. Il resta tourné vers la baie.

— Son père l'avait nommée aussi. Vingt-cinq mille dollars pour chacun de vous. C'était ce que disait initialement la police. Et puis il y a deux ans, il a rayé son nom. Pourquoi ?

Il tourna la tête. Elle n'était plus là. Elle avait mis la porte entre eux. Il entendit claquer un verrou. Pendant qu'ils causaient, il avait aperçu derrière elle la courbe d'un escalier, une rampe de fer forgé, des marches couvertes de carreaux de faïence à fleurs de couleurs vives. Maintenant ses talons claquaient sur ces carreaux, en montant. Au premier, une porte se ferma violemment.

Il redescendit par l'allée. Une bouffée de chaleur sortit de la voiture quand il ouvrit la portière. Il ôta sa veste, monta, la jeta sur le dossier du siège voisin et claqua la portière. Il voulait qu'elle fasse grand bruit dans le silence du matin. Pour la même raison, il emballa le moteur. Sous le jet d'air glacé qui jaillissait d'un volet sous le tableau de bord pour lui frapper la poitrine, il lâcha le frein à main et laissa la voiture rouler sur la pente. Au tournant qui dominait la conserverie, il s'arrêta et descendit. Cette fois il ferma la portière presque sans bruit. Il grimpa dans les herbes sèches, parmi les rochers blanchis, jusqu'au sommet. A cent mètres, la maison blanche brillait entre les eucalyptus rouges. Du chapparal couvrait la distance. Il s'accroupit et regarda à travers la haie.

II

Les eucalyptus poussaient à côté d'un mur de pisé blanc haut de deux mètres. Ils avaient été plantés à une certaine distance mais il y avait très longtemps. Maintenant, leurs épais troncs roses poussaient le mur. Il ne tarderait pas à s'écrouler. Mais pas aujourd'hui. Des débris d'écorce brunie jusqu'aux chevilles, il s'y appuya pour reprendre haleine. Il relâcha son nœud de cravate, déboutonna le col de sa chemise. Puis il sauta, se hissa à la force des poignets, enjamba le mur et se laissa choir sur une terrasse où il fit brusquement frais et humide. Les vieux arbres cachaient le soleil. Des bananiers dressaient des éventails fendus au-dessus de plantes tropicales pulpeuses. Il y avait des fougères géantes. Une fontaine ajoutait à l'humidité. Le bassin était bas et carré. Entre les dalles luisantes, le mortier était vert de mousse.

Il faisait face à l'extrémité d'une aile sans étage de la maison. De la mousse grimpait sur le stuc. Des fenêtres aux grillages espagnols en fer forgé perçaient les murs. Ainsi que des portes-fenêtres sous une petite arcade. Il fit le tour de la fontaine où scintillaient des poissons rouges parmi des herbes noirâtres et essaya d'ouvrir la porte-fenêtre. Elle était bien fermée. De son portefeuille il tira une mince bande de métal. Elle fit tourner la serrure simple, il poussa avec précaution le battant et s'avança sur une moquette épaisse. Au fond, il y avait une porte sculptée. Il l'entrouvrit. L'escalier carrelé montait dans les rayons de soleil tombant d'étroites fenêtres. Il referma la porte sans bruit. Il y avait une clef dans la serrure. Il la tourna.

Il examina la pièce. Elle était d'un blanc de craie, longue et large. Des poutres noires traversaient le plafond de quatre mètres cinquante de haut. Un lustre était suspendu à l'une d'elles, un cercle de fer martelé. Il y avait des drapeaux dans les coins, une Bannière Etoilée, un Ours de Californie. Au-dessus de la haute cheminée aux chenêts de fer forgé, un râtelier à fusils était accroché. Une vitrine contenait des plaques et des trophées. Des clubs de la police avaient fait l'éloge de Ben Orton. Il avait été président honoraire d'une fondation pour enfants infirmes. Les aveugles lui avaient fait cadeau d'un chien guide en plaqué or.

Des documents calligraphiés sur papier jauni, encadrés, occupaient toute une portion d'un mur. C'étaient des louanges de la National Rifle Association, des Vétérans des Guerres Etrangères, des Citoyens pour une Littérature Décente. Il y avait aussi des photos. Sur celle, autographiée, de J. Edgar Hoover, l'encre blanchissait. Sur une photo de presse, Ben Orton se tenait à côté d'un Président des Etats-Unis, parmi des limousines qui étincelaient au soleil; il parlait au Président; le Président souriait à une petite fille qui lui offrait un bouquet. Dessous, la lettre encadrée d'un ministre de la Justice défunt.

Au centre de la pièce, un canapé de cuir capitonné brillant faisait face à une table basse très simple. Deux fauteuils assortis l'encadraient. Ils donnaient l'impression qu'on ne s'y asseyait pas souvent. Celui qui semblait avoir le plus servi se trouvait derrière un grand bureau verni, avec deux téléphones et une photo en couleurs agrandie de la famille Orton, quand les enfants avaient environ dix et douze ans, dans un cadre doré. Le fauteuil de bureau était en cuir lui aussi, dossier haut, accoudoirs rembourrés. Dave s'y assit et pivota pour contempler les étagères. Des manuels de droit, le code pénal, de gros ouvrages de luxe sur les armes, la chasse, le gibier à plumes. Des cadeaux, probablement. On ne semblait pas les avoir souvent ouverts. Pas plus que celui sur l'art mexicain.

Un émetteur-récepteur occupait une étagère. Plastique noir, boutons d'aluminium mat. Cadrans. Micro avec fil entouré. *La Police était toute sa vie*. Dave appuya sur le bouton et fit lentement monter le volume du son. Faibles crépitements, murmures de voix lointaines. Il colla une oreille à la grille du haut-parleur. Des bribes de messages «... par ici au-dessus du tas de pierres... » « ... déjà trois gros... » «... lutte contre le vent... » Des appels de police ? Avec l'accent portugais ? «... brouillard vers la côte. » «... à vous, Cap Hedge... » «... doublons la pointe... » Dave cligna des yeux sur le bouton de sélection. Bande marine. Des bateaux de pêche. Fronçant les sourcils, il éteignit le poste.

Quand il se tourna, son pied heurta la corbeille à papier. Vide. Mais un triangle blanc dépassait de sous le bureau. Il le ramassa. Une enveloppe. Adresse de l'expéditeur. *Los Angeles County Museum of Art*. Il la retourna entre ses doigts une seconde, puis la jeta dans la corbeille, se leva et alla examiner la disposition du canapé, des fauteuils et de la table. Elle ne correspondait pas aux photos qu'il avait vues dans le dossier de police. Il déplaça un des fauteuils. Dessous, le tapis était décoloré. Pas moyen de nettoyer ce sang. Il repoussa du genou l'autre fauteuil, le canapé. Plus de taches. Il avait pu y en avoir, sur les meubles, mais le cuir était verni et devait pouvoir se nettoyer facilement. Il s'agenouilla et passa une main sur le tapis. Propre. Il y enfonça les doigts. Pas de terre cuite. Elle était peut-être dans le sac de l'aspirateur. A moins qu'il n'ait été en papier ou en plastique et qu'on l'ait jeté avec les ordures. Il se releva.

Des portes flanquaient les étagères derrière le bureau. Il en ouvrit une. Lavabo, toilettes, douche. D'un blanc aveuglant. Il referma la porte et passa à l'autre. Des uniformes de policier couleur de sable, sur des cintres. Egalement des complets civils, un tweed marron, un bleu marine à fines rayures. Des chaussures, deux paires marron, une noire. Il tâtonna dans les coins. Pas d'aspirateur. Il s'accroupit. Qu'est-ce qu'il y avait derrière les chaussures ? Des vêtements. Pas en paquet, même pas roulés en boule, simplement jetés. Il retira un vieux Levi's, une chemise militaire déchirée, un chapeau de cuir graisseux à large bord. Quelque chose tinta quand il le ramassa. Il se remit à tâtonner. Une paire de sandales éculées, une chose accrochée aux lourdes boucles. Une perruque grise, frisée comme des copeaux.

Il posa le tout sur la table basse et s'assit sur le canapé. Dans la poche de devant gauche du jean il y avait une liasse de billets, cent dollars en coupures de dix, de cinq, d'un dollar. Dans la poche arrière droite, une blague en plastique. Il n'y toucha pas mais il était à peu près sûr qu'elle ne contenait pas de tabac. Il remit l'argent en place et prit la chemise. Dans une poche, une paire de grosses lunettes de soleil polaroïd miroir. Il se garda d'y poser les doigts. Dans l'autre poche, quelque chose craqua. Une lettre ? Il en pinça un bord entre ses ongles, tira et la déplia. Des mots découpés dans des magazines y étaient collés. Il mit ses lunettes. NOUS AVONS VOTRE FILLE. SI VOUS VOULEZ LA RAVOIR SAINE ET SAUVE LE PRIX EST DE $ 25 000. NOUS VOUS TÉLÉPHONERONS. Il replia le papier, le glissa avec soin dans la poche, rangea ses lunettes, ramassa toutes les frusques et les remit dans la penderie. Avec son mouchoir, il essuya les boutons, le bois, le cuir, tout ce qu'il avait touché, et s'en servit encore pour visser la clef dans la porte et refermer la porte-fenêtre.

Repassant par-dessus le mur, il courut, plié en deux, dans le chapparal. Il eut un peu de mal à dévaler la pente jusqu'à sa voiture. De la terre entrait dans ses souliers. Mais il les avait vidés et il était au volant, le moteur en marche, quand une quatre-portes marron et blanc dotée d'une grande antenne et de l'insigne doré de la Police de La Caleta sur ses portières tourna le coin de la falaise. Elle monta droit vers lui. Il ralentit. Elle s'arrêta, pare-chocs contre pare-chocs. Un jeune homme blond et trapu en descendit. Il portait un uniforme comme ceux du placard de Ben Orton. Il vint se pencher à la portière de gauche.

— Vous êtes l'enquêteur d'assurances ?

— Brandstetter. Medallion Life, répondit Dave en tendant une main par la vitre baissée. Et vous devez être Jerry Orton.

Orton ne prit pas sa main.

— Ma mère m'a téléphoné. Elle disait que vous posiez des tas de questions.

Dave ramena sa main :

— J'ai à peine commencé.

— Vous l'avez bouleversée. Comment avez-vous pu faire ça ? Vous ne vous rendez pas compte de ce qu'elle a dû supporter depuis quelques jours ? Vous n'avez pas d'imagination ?

— Je n'aime pas m'en servir.

Orton cligna des yeux :

— Qu'est-ce que ça veut dire ?

— J'ai besoin de faits, sergent. C'est pourquoi je pose des questions.

— Les faits sont connus, répliqua Orton. Clifford Thomas Kerlee a tué mon père. (Il plissa les yeux en regardant une montre d'acier sur son poignet épais où brillaient des poils dorés.) Elle m'a appelé il y a un quart d'heure. Pourquoi êtes-vous encore là ?

— Je regardais les loutres, répondit Dave. J'habite L.A. Je ne viens pas souvent par ici.

— Regardez-les d'ailleurs, grogna Orton. C'est une propriété privée, ici.

— Pourquoi votre père est-il parti en voyage ?

— Bon Dieu, vous êtes sourd ou quoi ? dit Orton. Cliff Kerlee l'a tué, il s'est planté sur les marches de l'hôtel de ville et il a brandi cette pétition de pédés à la con et il a gueulé devant les caméras qu'il allait le tuer et il l'a tué. Qu'est-ce que vous cherchez... à flétrir la mémoire de mon père ?

— Ça ne servirait à rien, répondit Dave.

Le rire d'Orton fut sec et bref.

— Ça, vous pouvez le dire ! C'était un des plus grands policiers de ce pays. On a parlé de lui pour diriger le FBI quand Hoover est mort. Hoover était un de ses amis.

— Où est-il allé, quand il a quitté la ville ? demanda Dave.

— Descendez de cette voiture. Mettez-vous debout, quand vous vous adressez à un officier de police.

Dave descendit. Le soleil s'écrasait et se brisait sur les vagues au-delà de la conserverie. Il cligna des yeux.

— Jusqu'où est-il allé ? Il est resté absent combien de temps ?

— La dernière fois qu'il s'est absenté pour plus d'une journée, c'est l'automne dernier, à Dallas. Pour le congrès de l'association des chefs de police. C'était un ancien président.

— Il n'est pas passé à son bureau le jour de sa mort. Votre mère ne sait pas où il était.

— Et alors ?

La main propre et carrée d'Orton reposait sur son holster de hanche. Un gros revolver s'y trouvait.

— Il est sorti. Il est rentré. Kerlee l'attendait sur la terrasse.

— Ah ? Pourquoi sur la terrasse ?

— Pas difficile d'entrer. Papa ne se souciait pas de sécurité. Il pensait que sa réputation suffisait pour écarter les cambrioleurs. Il y a beaucoup de plantes très denses, par là. Il pouvait se cacher facilement. Quelqu'un y a été. L'eau de la fontaine avait tout éclaboussé, autour.

— Pas de pots de fleurs vides ?

— Il n'en avait pas besoin. Il en avait apporté toute une camionnette. Les portes-fenêtres de la terrasse étaient ouvertes. Le portail aussi. La porte donnant dans la maison était fermée à clef. Mon père n'aurait pas fait ça. Nous interdire l'accès de son bureau. Il n'était pas comme ça. Pas de secrets.

Dave se permit une expression légèrement surprise :

— Il n'aurait pas travaillé seul sur une affaire ?

Orton renifla bruyamment :

— Pourquoi ? Il avait vingt hommes.

— Pas même sur une grosse affaire ? Pour essayer de la résoudre tout seul ? Quelqu'un qui apporterait de la marijuana par bateau ?

Orton tourna à moitié la tête, regarda Dave du coin des yeux :

— Où est-ce que vous voulez en venir, bon Dieu ?

— Je me demande simplement où il est allé ce jour-là. Votre mère dit que la police, c'était toute sa vie. Je pensais qu'il aurait pu partir pour affaires de police. Vous ne savez pas où il était ?

— Je sais où vous allez être. En taule. Pour avoir pénétré sans autorisation dans une propriété privée. (Orton fit un brusque mouvement du menton.) Foutez le camp d'ici. Et ne revenez plus.

Dave haussa les épaules, ouvrit sa portière, se rassit au volant.

— Je vais où mon boulot me conduit.

Il claqua la portière. Orton gronda :

— Votre seul boulot ici, c'est d'apporter à ma mère le chèque de l'assurance qui lui revient.

Il tourna les talons et regagna la voiture marron et blanc. Dave appuya sur un bouton. La vitre se baissa à côté de lui. Il cria :

— Votre père ne lui a rien laissé ?

Orton s'arrêta, se retourna.

— Sa retraite. Pas d'économies. (Il leva une main pour indiquer la ville qu'on ne pouvait pas voir.) Il n'avait pas besoin de traîner à La Caleta et de prendre leur petite monnaie. Il avait des offres, de grosses offres. Mais il disait qu'il ne voulait pas d'un emploi de bureau, il voulait un travail de police. (Il leva ses sourcils blonds.) Ah, et puis merde ! La Caleta est une bonne ville... ou l'était jusqu'à ces derniers temps.

— Et qu'est-ce qui lui est arrivé, ces derniers temps ?

— Des ordures de L.A., de Haight-Ashbury. Des hippies, des drogués, des livres et des films pornos, un sale petit torchon clandestin. Vous savez. Une si jolie petite ville. Qu'est-ce qu'ils ont d'autre à faire, sinon la saloper ? Mais (il poussa un sombre soupir) au moins ici il pouvait tout contrôler. Montez à Frisco ou descendez à L.A., ou je ne sais où : un flic n'a aucune chance. Ils sont plongés dans le crime jusqu'au cou mais à qui la faute ? Au chef de la police. Non... Papa avait raison. Il avait toujours raison.

— Mais ça n'a pas payé, dit Dave.

— Foutez le camp, dit Orton.

Ses souliers crissèrent sur l'herbe sèche du bas-côté. Il monta dans la voiture de police, claqua la portière et le moteur à bout de souffle hoqueta dans le silence ensoleillé. Il fit marche arrière. La transmission grinçait. Il passa en première et longea au pas la voiture de Dave. Dave hurla dans le fracas des soupapes :

— Où est votre sœur, sergent ?

Orton freina. Il grimaça :

— Quoi ? Pourquoi ?

— Je me demandais si vous le saviez.

— Bien sûr que je le sais. Qu'est-ce que ça peut vous faire ?

— Votre mère semblait se faire du souci à son sujet.

— Vous êtes complètement cinglé.

La voiture d'Orton tressauta et cala. Il la remit rageusement en marche.

— Elle fait ses études. A l'université. Elle est à Sangre de Cristo.

Il partit en trombe. La fumée de son pot d'échappement plana lourdement dans l'air chaud.

III

Au sud de La Caleta, l'Autoroute 1 tourne vers l'intérieur des terres. Dave roula entre des collines altérées après un bref hiver de pluie rare. Du bétail à museau blanc broutait l'herbe jaunie, traçait des pistes sinueuses le long des parois fissurées des barrancas, buvait dans des citernes de bois. Il y avait des bouquets de chênes-verts. Dans leur ombre, des chevaux sommeillaient debout, encolure contre encolure. Un poulain aux longues jambes galopait le long d'une barrière de barbelés. Les bâtiments d'un ranch se nichaient au pied d'un immense éperon rocheux. Dans la cour, une minuscule silhouette poussait des balles de foin hors de la plate-forme d'un camion rouge. Au bord de la route, quelqu'un avait peint JÉSUS sur un rocher. Des motels commencèrent à faire leur publicité. Quand il arriva à l'arbre métallique qui brandissait les *Bienvenue à Sangre de Cristo* des Kiwanis, des Elks et du Rotary, il consulta sa montre. Pas tout à fait onze heures. Ce n'était pas tellement loin.

La ville rôtissait dans une cuvette de collines brunes. Il suivit des rues endormies sans trottoirs, où des maisons de bois aux fenêtres étroites et aux vérandas bancales se dressaient sous de vieux arbres. Il arriva dans une rue d'entrepôts en parpaings. Et puis ce fut la gare, des arcades, un toit de tuiles rouges, des wagons de marchandises attendant sur une voie de garage. Il sautilla en traversant quatre voies et la route monta en pente raide. Devant lui, les pneus arrière jumelés d'un car soulevaient la poussière jaune du bas-côté. Le car s'arrêta devant une ouverture dans un mur de pisé crépi qui cernait un jardin plein d'eucalyptus. Au sommet de l'arc une grande cloche de bronze était accrochée au-dessus des deux battants en bois massif du portail. Des femmes d'un certain âge descendirent du car, en robes à fleurs, avec appareils photo, guides et lunettes noires. Elles se massèrent autour d'un grand panneau qui retraçait l'histoire de la mission de Sangre de Cristo. Dave contourna le car.

L'université d'Etat de Sangre de Cristo occupait pas mal d'excellents pâturages au-dessus de la ville, de manière à bien espacer ses bâtiments. Ils étaient en béton précontraint, aggloméré et verre fumé. Ils avaient l'air de s'ennuyer au soleil. Il n'y avait personne dans le pavillon de garde du parking. Une guitare y était accrochée. Un livre de classe ouvert était retourné sur un tabouret. Mais personne n'apparut. Peut-être que le parking était plein. Après avoir roulé lentement dans toutes les travées, il alla tenter sa chance plus loin, par une autre entrée. FACULTÉ SEULEMENT. Là, des plantes grasses fleuries s'alignaient entre les rangées de voitures. Il trouva un espace destiné à M. ROWBOTHAM écrit au pochoir sur le sol, et il y laissa l'Electra. Il espéra que c'était le jour de congé de Rowbotham.

Les allées du campus étaient d'un blanc aveuglant, droites et très longues. Entre elles, l'eau des tourniquets peignait des arcs-en-ciel, mais la pelouse faisait la morte. Le soleil tapait. Dave avait boutonné le col de sa chemise, remonté sa cravate et enfilé sa veste. Il l'ôta. Une fille maigre aux longs cheveux pâles passa à bicyclette, ses livres en équilibre sur le guidon. Quand il l'interrogea, elle lui désigna le bâtiment administratif sans s'arrêter. C'était loin. Il redéfit sa cravate et son col. De la sueur lui chatouillait les côtes. Elle coulait de ses cheveux dans ses yeux. Il ne s'étonna pas de voir si peu d'étudiants.

Dans des caisses de béton bien propres, des poivriers du Brésil poussaient au pied de longues et larges marches en terrasse qui montaient vers le bâtiment administratif. Les arbres paraissaient neufs, comme tout le reste. Sauf lui. Vu dans le verre sombre et onduleux des portes, il avait l'air dépenaillé. A l'intérieur, l'air conditionné était glacé. La femme derrière son comptoir des Renseignements était vêtue de laine, un tailleur pantalon jaune. Ses très grandes lunettes très rondes avaient une monture jaune. Il y avait très longtemps, un chirurgien avait effacé toutes les rides de son visage, mais elles étaient revenues. Pas l'expression. Mais peut-être n'en avait-elle jamais eu. Il lui adressa un sourire et lui montra sa carte d'identité, dans son portefeuille. Remettant le portefeuille dans sa veste posée sur son bras, il annonça :

— J'ai besoin de voir Anita Orton, s'il vous plaît. C'est à propos de la police d'assurance-vie de son père. De feu son père.

— Elle est inscrite ici ?

— Non, elle est inscrite en Floride, mais ici c'est plus près.

Les yeux derrière les verres-soucoupes restèrent hargneux mais un bref frémissement des lèvres répondit. Elle passa dans un bureau où un garçon aux cheveux longs tapait sur les touches d'une machine à écrire, d'une seule main, en buvant du Coca de la boîte qu'il tenait dans l'autre. Dave entendit claquer des tiroirs de classeur. La femme en jaune revint avec une fiche.

— Elle n'a pas de cours aujourd'hui. Vous devrez aller la chercher chez elle.

— Vous ne voulez pas dire à La Caleta ? demanda Dave.

Elle parlait de chambres installées au-dessus des anciennes écuries d'une espèce d'énorme vieux manoir avec vérandas, tourelles et vitraux, au fond d'un jardin proche de la mission. Les arbres étaient des acacias et des magnolias tristes. A leur pied, des bicyclettes étaient couchées sur l'herbe pelée. La porte d'entrée en chêne était grande ouverte et de la musique rock flottait dans l'air brûlant. Une fille en moitié de bikini dormait à plat ventre sur le carrelage vert d'une véranda latérale. Elle avait une peau d'une belle couleur dorée, luisante d'huile solaire. Dave engagea l'Electra dans l'allée. De petites voitures neuves, de grosses vieilles voitures, des motos, des scooters encombraient la cour de l'écurie, derrière. Le bâtiment lui-même était recouvert de bardeaux festonnés. Sa peinture, comme celle de la maison, jaunissait. Dave monta par un escalier extérieur. Quand, à l'étage, il frappa à la porte-écran, un petit chien aboya.

— Frodo ! cria une voix de fille. Fous-nous la paix.

La fille apparut derrière la porte, enveloppant ses longs cheveux bruns dans une serviette. Elle portait une salopette à bretelles. Le petit chien sauta contre le fin grillage, tel un yoyo de fourrure.

— Qui êtes-vous ? demanda-t-elle.

Il le lui dit et ajouta :

— Je cherche Anita Orton.

— Elle n'est pas là, désolée.

— Savez-vous où je peux la trouver ?

— Vous avez l'air crevé.

Elle ouvrit la porte. Le chien grogna autour des souliers de Dave.

— Frodo, non ! Entrez donc. J'ai fait du shrub.

Elle s'éloigna dans une longue pièce pleine d'albums de disques, de livres de poche en désordre aux couleurs vives, verte de plantes suspendues au plafond dans des corbeilles garnies de glands et de pompons.

— Vous aimerez ça, ce n'est pas sucré.

Des verres et des cubes de glace tintèrent au loin. Dave s'assit sur des coussins en tissu de jean posés par terre. D'énormes coussins couverts de broderies démentes. Elle revint avec la serviette nouée en turban et lui tendit un verre de liquide brunâtre et opaque.

— Essayez. N'ayez pas peur.

Il essaya. Ce n'était pas sucré.

— Des herbes.

Elle s'assit en tailleur en face de lui, sur la natte qui recouvrait le sol.

— Anita a reçu un coup de fil, dit-elle en désignant de la main un appareil ivoire et or sorti tout droit du boudoir de Mae West. Ça fait... Ça fait bien dans les dix jours. Un matin. Elle a jeté des affaires dans un sac et elle est partie. C'était un mec.

— C'était peut-être son père, hasarda Dave.

Elle avait la bouche pleine de shrub. Elle avala rapidement et secoua la tête :

— Non. Il est venu ici. Deux ou trois jours plus tard. Comme vous. « Je cherche Anita Orton », dit-elle en essayant de rendre sa jeune voix bourrue. Seulement pas comme vous ! Vous êtes mignon.

— Est-ce qu'il portait un jean, une vieille chemise militaire, des lunettes-miroir ?

Elle ouvrit de grands yeux.

— Vous rigolez ? (Elle bomba le torse et fit un salut militaire.) Uniforme. Insigne. Gros pistolet. Le pistolet, c'est un pénis de remplacement. Vous savez ça ?

— Je ne suis pas allé à l'université, dit Dave. La voix au téléphone ?

— Noire. Je n'y ai pas pensé avant qu'il me le demande. Le Grand Chef, je veux dire. Il a demandé : « Est-ce qu'il parlait comme un Noir ? » J'ai répondu : « Ouais, ça se pourrait. » Mais c'était bien ça. J'en suis sûre, maintenant.

— Elle ne vous a pas dit son nom ni où elle allait ?

La fille fronça les sourcils et poussa du doigt les glaçons dans son verre.

— Et seulement deux jours plus tard, il était mort. On n'aurait jamais cru que ça puisse arriver à un type comme ça. Il avait l'air en acier. (Elle retroussa ses lèvres en un petit sourire sceptique. Ses épaules nues ondulèrent sous les bretelles de la salopette.) Oh, je sais bien que c'est un rôle et tout. Mais on y croit, vous savez ? Ils disent « Je suis LE CHEF » et on répond « Ouais, c'est vous le Chef, oui monsieur ». Non ?

Elle rit, posa son verre, se leva d'un bond et disparut parmi les plantes suspendues. Elle cria :

— Ils font un bruit très doux, vous savez ? Quand ils n'essayent pas de prendre l'accent traînant et endormi du Sud. (Une porte de réfrigérateur claqua sourdement sur ses bourrelets de caoutchouc.) Doux, élégant et un petit peu pédé ?

— Les chefs de police ? cria Dave.

— Les Noirs, andouille.

Elle reparut avec deux saladiers de bois, se laissa tomber dans la position du lotus et tendit une des salades à Dave. Le chien grattait contre le grillage de la porte-écran.

— Le déjeuner. Entièrement biologique. Les mômes de l'Agro font tout pousser. Ramasseurs de pucerons. Ils prennent de sacrés coups de soleil. Je crois qu'il va y avoir une nouvelle génération de fans de l'insecticide.

Elle plongea dans sa salade. Mais avec une fourchetée de pousses de luzerne à mi-chemin de sa bouche, elle s'immobilisa et rouvrit de grands yeux.

— C'est un pédé qui l'a tué, n'est-ce pas ?

— A ce qu'on dit. Mais pas noir.

Le bol avait été glacé. L'idée plut à Dave et il goûta la salade. Elle était croquante et neutre.

— Comment a-t-elle réagi au coup de téléphone ? demanda-t-il. Ça ne lui a pas fait peur ?

— Peur ? Oh non ! C'était comme si des ampoules électriques s'allumaient en elle.

Le petit chien couina au grillage.

— Fous-nous la paix, Frodo, dit-elle, et elle mâchonna d'un air songeur. Quand j'y pense, c'était la première fois que je la voyais vraiment heureuse.

— Ce n'était pas un copain que vous auriez rencontré ?

— Elle n'avait pas de copains. Elle ne faisait qu'étudier et bouder. Comme si elle attendait quelque chose. Depuis des années.

— Est-ce qu'elle écrivait ? Des lettres ? demanda Dave.

— Mmmm.

La fille hocha la tête, la bouche pleine. Elle fit passer la salade avec une longue gorgée de shrub, puis elle alla ouvrir au chien. Ses griffes crissant sur les nattes, il la suivit à la cuisine. Le bol posé par terre fit un bruit de bois. Un chien végétarien ?

— Elle écrivait pratiquement une lettre par jour.

— A qui ? cria Dave.

La fille revint sur ses pas et le regarda entre les plantes.

— C'était un grand secret. Si on entrait quand elle tapait, vite elle couvrait la feuille.

Le petit chien jappait et sautait autour de ses jambes. Elle manœuvrait un ouvre-boîte sur une boîte marquée FRISKIES. Pas un chien végétarien.

— Enfin quoi, comment peut-on être sexiste à ce point ? Qu'est-ce que ça fout, à qui elle écrivait ? Enfin, quoi, c'est un tel stéréotype, pas vrai ? (Elle retourna dans la cuisine.) La petite curieuse ? Pandore ? La femme de Barbe-Bleue ? Qui diable peut encore penser comme ça ?

Le chien se tut.

— Et les réponses ? cria Dave.

La fille revint en s'essuyant les mains sur la bavette de sa combinaison.

— De Soledad. Un numéro de boîte postale. Si le courrier était en retard, je le montais. De la boîte aux lettres au pied de l'escalier. Mais seulement si elle avait un cours. Les neuf dixièmes du temps, elle était en bas qui attendait.

— Vous ne vous rappelez pas un nom ?

Elle regarda le plafond et en essaya un.

— Lester ? Lester… ouais. (Elle renonça, soupira, se rassit, secoua la tête.) Je m'en fichais, dans le fond.

— Je vous crois.

Il mangea sa salade. Elle l'examina.

— Enquêteur d'assurances ? C'est un peu comme un détective, pas vrai ?

Il sourit vaguement.

— Et maintenant vous êtes ici. (Elle dénoua son turban et se mit à se frictionner les cheveux avec.) Ainsi, vous pensez que ce n'est pas celui dont on cause qui a fait le coup. Oui, c'est bien ce que vous avez dit.

— Elle a une voiture ? demanda Dave.

— Une Gremlin verte. Toute neuve, elle vient de l'avoir.

— Son père est venu ici. Qui encore ?

— Des journalistes de la télé. Le soir où il a été tué. Vous croyez qu'Anita l'a tué ?

Elle laissa tomber la serviette et secoua ses cheveux.

— Je ne sais que croire. Vous la connaissiez. Qu'est-ce que vous pensez ? demanda Dave.

— Seulement depuis un an.

La fille traversa la natte à quatre pattes. Derrière le téléphone chichiteux un miroir dans un cadre de filigrane doré était posé contre le mur. Il y avait aussi des peignes et des brosses, un séchoir électrique à main. Elle le brancha. L'appareil émit un bourdonnement aigu. Elle le braqua sur sa tête et commença à démêler ses cheveux en grimaçant de temps en temps.

— Elle a un poster des Ouvriers Agricoles Unis sur son mur, vous savez ?

Posant le séchoir, elle hissa à un mât une bannière imaginaire :

— *Viva la huelga !*

Elle prit un air farouche de rebelle, puis elle rit tout bas et recommença à sécher et à démêler ses cheveux.

— Et elle s'allonge sur son lit, dessous, pour lire des recettes dans *Family Circle*.

— Quels journalistes de la télé ? demanda Dave.

— Cette vieille peau de la Chaîne Dix. Daisy Flynn. Avec un cadreur à gros bide. Des vampires. Ils étaient vraiment déçus de ne pas la trouver. Ils voulaient qu'elle pleure pour eux.

Dave posa son bol.

— Et elle aurait pleuré ?

— Vous rigolez ? dit la fille. Elle le haïssait.

IV

Le bâtiment n'avait nul besoin de style ni de fenêtres. C'était un cube de ciment et il se dressait tout seul au sommet d'une montagne entre de hautes tours de treillis d'acier. Son toit se hérissait d'immenses lettres à rayures rouges, blanches et bleues. KSDC-TV. Peut-être étaient-elles lisibles de la ville, en bas. Neuf véhicules avaient le nez collé au bâtiment. Il glissa l'Electra entre une Honda Civic et une camionnette Ford et descendit. Le silence était total. Un cri le rompit. Il leva les yeux. Un épervier décrivait des cercles contre le soleil. Dave pensa. *Il pourrait être déjà mort*. C'était une pensée futile. Il poussa une porte sur laquelle se répétaient les lettres rouges, blanches et bleues et où se décollait un autocollant fané, CHAÎNE 10 CRIEZ PAS.

Derrière la porte, des fauteuils et des canapés de rotin s'avachissaient sous des croûtes représentant du bétail et des couchers de soleil sur des rochers rouges. Une table basse était couverte de vieux magazines écornés et de ronds de tasses de café. Sur un écran de télévision muet une motocyclette rouge dévalait silencieusement une pente dans un nuage de poussière. Sur le bureau auquel personne n'était assis, un énorme téléphone en pyramide tronquée aux multiples boutons clignotait de ses voyants. Dave poussa de l'épaule une lourde porte tachée de doigts qui gémit. Dans un large couloir encombré de perches à micro et de chariots de caméras, des hommes en chemise pastel se racontaient des blagues. Ils avaient à la main des gobelets de papier et de plastique. L'un d'eux aperçut Dave et vint vers lui en enjambant les câbles qui serpentaient un peu partout. Il avait la figure couleur de brique. Maquillage. Il conduisit Dave à Daisy Flynn.

Ce n'était pas une vieille peau. Il y avait seulement pas mal de temps qu'elle n'était plus étudiante. Elle était assise dans une pièce où s'entassaient et s'entassaient des films en boîtes. Un film tournait sur des bobines, devant elle, lui montrait des images, cadre par cadre, sur un écran relevé, l'air plein d'espoir, comme la figure d'un enfant éveillé. Elle avait des feuillets dactylographiés à côté d'elle et une main osseuse comme le reste de sa personne biffait des phrases avec un feutre. Les yeux surpris qu'elle leva vers Dave étaient surmontés de peinture bleue. Elle releva ses lunettes sur des cheveux teints en roux, un sourire incrédule creusa des rides autour de sa bouche. Elle avait des dents pour la télévision.

— Louise Orton vous a dit de me le demander ?

Dave hocha la tête :

— « Même » à vous. Est-ce qu'elle l'aimait ?

— Comme une folle.

Daisy Flynn arrêta la visionneuse. A un homme debout dans un coin, et qui clignait des yeux sur des boucles et des rubans de pellicule, elle lança :

— Burt, trésor, coupe tout ça là où je l'ai marqué, tu veux ?

Elle rassembla les papiers et précéda Dave dans un couloir, puis dans une sorte de caverne ténébreuse où des projecteurs pendaient du plafond aux poutrelles d'acier, où des caméras se dressaient un peu partout et où scintillaient des micros, où des bureaux élégants aux formes arrondies et de fausses boiseries attendaient la pendule, le prochain flash d'information, le candidat à l'interview, la pub pour le développement des sols. Elle marchait vite, comme tout le monde dans la salle à l'éclairage cru où ils aboutirent… machines à écrire, sonneries de téléphones, téléscripteurs crépitants.

— Asseyez-vous, dit-elle. Café ?

— Vous avez du travail, je ne veux pas vous retenir, dit-il en regardant par-dessus son épaule. Est-ce que vous avez un film de l'enterrement Orton ?

— Nous aurions raté ça ? Vous aussi vous avez du travail, mais je veux vous retenir. Pour cette raison même. Qu'est-ce qui vous amène ici, Monsieur Brandstetter ? Je… Par exemple, qu'est-ce que vous faisiez, en bavardant avec la veuve ? Assurances, dites-vous. Et vous voulez savoir si elle l'aimait vraiment ? Le verdict ne vous plaît pas ?

— Le verdict n'a pas encore été rendu.

Elle se mit à rire :

— Bah ! Vous ne connaissez pas La Caleta.

Elle prit dans un tiroir une boîte de chrome et de plastique blanc grande comme la main. Magnétophone à cassettes. Elle pressa des boutons et le posa sur le bureau.

— Nous trouverons une caméra plus tard.

Dave coupa l'appareil.

— Ce n'est pas une information d'actualité, Miss Flynn. Quand un assuré meurt de mort violente, toutes les compagnies d'assurances enquêtent. C'est la routine.

Elle regarda le magnétophone. Elle regarda Dave, la bouche pincée.

— Oui, bien sûr. C'est pour ça que vous cavalez partout dans la nature pour parler à des marginaux comme moi. Je suis peut-être une marginale, mais je suis une rapide.

Dave haussa les épaules :

— C'est normal. J'aime mon travail. Et la nature est belle. Et vous avez du film.

— Des mètres et des mètres.

Elle fouilla parmi des papiers. Ils étaient tous comme ceux qu'elle avait rapportés de la salle de montage, tapés en lettres capitales avec une marge d'une demi-page. Elle trouva un paquet de cigarettes et le poussa vers lui.

— Nous nous intéressons – sions – énormément à Ben Orton. Ce canton est le sel de la terre. Ben Orton était son héros.

Elle regarda Dave prendre une cigarette, en prit une elle-même. La climatisation soufflait dur mais il réussit à les allumer toutes les deux.

— Comme une folle ? répéta-t-il en glissant le mince briquet d'acier dans la poche de sa chemise. Est-ce que ça veut dire que sa confiance en lui était mal placée ?

— Ça veut dire que c'est une femme comme ça, déclara Daisy Flynn. Ça veut dire aussi que Ben Orton n'était pas seulement le chef de la police, c'était aussi un homme.

Elle leva les yeux et adressa un sourire machinal au Noir jeune et maigre qui posait un plateau jaune sur lequel des supports de plastique cernaient entre leurs bords des gobelets de café en papier.

— Et les femmes aussi adorent les héros. Merci, Cecil. Veux-tu passer tout le métrage récent sur Ben

Orton, s'il te plaît ? M. Brandstetter voudrait le regarder.

Elle tendit les mains, la paume en l'air, et le Noir y posa les siennes, la paume en bas, un moment, sourit largement et s'en alla. Dave le suivit des yeux. Il n'avait pas vu d'autre Noir de la journée.

— La B.A. de la Chaîne Dix ?

— Nous ne sommes pas précisément en Tanzanie. Il fait les Arts de la Communication à l'université. Les étudiants de dernière année passent par ici. Pour l'expérience pratique. Nous avons des crédits du gouvernement pour ce programme. Dieu sait ce qu'ils apprennent. Ils doivent en sortir marqués pour la vie.

— Il fait d'assez bon café, dit Dave en pensant qu'après le shrub tout devait paraître bon. Son nom de famille ne serait pas Lester, par hasard ?

Elle se servait de longues griffes rouge vif pour ouvrir les petits sachets d'ersatz de sucre et de crème. La question les immobilisa une fraction de seconde, puis elle dit d'un ton léger :

— Ce serait Harris. (Elle tourna son café avec une cuillère en plastique.) Pourquoi l'enterrement ? C'est un peu vieux, non ?

— Il est parfois utile de voir qui était là. Quand vous êtes allée interviewer Anita, c'était un peu vieux, non ?

— Vous n'avez pas chômé !

Elle parlait avec légèreté mais ses yeux étaient vigilants.

— Nous avons un petit bureau de presse à La Caleta. Quand ils ont appris que Ben Orton avait été assassiné, il a dû y avoir une ruée folle pour ôter les sandales sous-marines et mettre les godasses. Ils avaient beaucoup à faire.

— La police aussi. Elle ne l'a pas fait.

Daisy Flynn haussa un sourcil. Sa main glissa de nouveau vers le magnétophone mais elle s'immobilisa quand elle vit qu'il la surveillait.

— Bref, j'étais ici. Anita aussi.

— Sauf qu'elle n'y était pas.

Daisy Flynn trouva un cendrier de verre et le posa entre eux. Elle écrasa sa cigarette parmi les mégots tachés de rouge qui y étaient déjà.

— Elle n'aurait fait qu'une note en bas de page, n'importe comment. Qu'est-ce que vous lui vouliez ?

— Je ne sais pas. Je ne l'ai pas trouvée non plus. Alors... Orton avait d'autres femmes, hein ?

Les yeux de Daisy Flynn s'ouvrirent tout grands au-dessus du gobelet de papier.

— J'ai dit ça ? Mettons que s'il en avait, c'était un secret bien gardé.

Un jeune barbu passa précipitamment, un bloc-notes couvert de gribouillis à la main, en enfilant une manche de sa veste ; il traînait dans son sillage un homme replet qui portait une caméra équipée d'un support rembourré pour la poser sur l'épaule. Ils jaillirent de la porte sous le soleil écrasant. Avant que le battant ait le temps de se refermer, des portières claquèrent, un moteur vrombit.

— Gardé contre eux tous ? Vos téléspectateurs, les cowboys solitaires dans leurs baraquements de la montagne ? Les metteurs en bouteilles des vignobles ? Les femmes des pêcheurs de thon ? Les étudiants ?... Ou contre vous ?

— Ce que Ben Orton voulait garder secret était gardé, déclara-t-elle catégoriquement. Il était ce que l'on appelle poliment un homme puissant. Il y a des mots moins aimables pour ça. (Elle fit un geste de la main pour écarter le sujet.) Le fait est que Louise aurait été la dernière à le savoir.

— Parce qu'il pouvait démolir ceux qui le lui diraient ?

— Elle ne les aurait pas crus, d'ailleurs. Vous l'avez vue. Vous êtes intelligent. Vous avez compris ça.

— Peut-être. Mais personne n'aime être ridiculisé. Certainement pas pendant toute une vie.

Daisy Flynn le regarda fixement.

— Vous ne pouvez pas croire qu'elle l'a tué !

— Elle était seule avec lui dans la maison.

Elle rit un peu tristement :

— C'est la vraie définition de « seule », dit-elle en levant vivement les yeux. Du moins je l'imagine.

— Elle avait une petite liste, reprit Dave. Les gauchistes, les drogués, les dégénérés… et les journalistes. Vous en particulier, et nommée. Pourquoi ?

Elle se leva.

— Nous avons filmé ses déclarations en public. Comme vous allez le voir, heureux homme.

Dave se leva aussi, avala son fond de café et la suivit entre les bureaux serrés, les humains frénétiques, les téléphones frénétiques, les machines à écrire frénétiques.

— Il finissait toujours par avoir l'air ridicule.

Le silence du couloir choqua les oreilles de Dave.

— Elle ne comprenait pas pourquoi les gens riaient. Je suis sûre qu'elle n'a jamais ri.

Daisy Flynn poussa une porte. Elle ouvrait sur une salle obscure. Au sommet d'une courte pente raide, neuf fauteuils de cinéma faisaient face à un écran blanc.

— Il fallait que ce soit la faute de quelqu'un. Ça devait être la nôtre… vu ?

— Les films peuvent se manipuler.

— Ils ne l'ont pas été… Pas ici.

De la lumière filtrait des meurtrières d'une cabine de projection en haut d'un petit escalier, derrière les fauteuils. Elle cria :

— Cecil, bébé, tu es là ?

— Tout est prêt.

La voix de Cecil était étouffée.

— Les hommes à qui appartiennent cette montagne, ce bâtiment et tout ce qu'il contient possèdent aussi la majeure partie de la nature que vous avez tant admirée entre La Caleta et ici. Des ranchers, des cultivateurs, des vignerons. Riches et bruyants. Ils aimaient bien Orton.

Un faisceau lumineux jaillit de la cabine de projection. Des chiffres dans des cibles passèrent à l'envers sur l'écran.

— Vous n'avez donc pas tripatouillé le métrage de Ben Orton ?

— Pas si je voulais continuer à manger, dit-elle, et elle se pencha sur la montre à lecture directe de son poignet osseux. Ce qui ne m'arrivera pas si je continue à traîner.

— S'ils l'aimaient tant, pourquoi n'ont-ils pas veillé à ce qu'il soit payé ? Vous savez qu'il est mort fauché ?

La couleur de l'écran fit rougir le front plissé de Daisy Flynn.

— Non. Mais tout de même, vingt-cinq mille dollars par an, ce n'est pas si mal par ici dans la cambrousse. Il vivait, comme on dit, simplement. Personne ne l'a jamais accusé de prodigalité.

Elle fit un petit mouvement de la tête, rapide, troublé, et ouvrit la porte.

— Amusez-vous bien, dit-elle avec un sourire pincé. Et passez me voir avant de partir, d'accord ?

— Attendez ! Qui est-ce qui riait ?

— Tous ceux qui avaient un Q. I. de plus de quatre-vingt-dix.

Elle s'en alla.

V

Sur l'écran, des jeunes gens chevelus en chemise militaire et jean délavé à pattes d'éléphant brandissaient des pancartes devant un bâtiment blanc aveuglant sous le soleil, l'HÔTEL DE VILLE DE LA CALETA. Dave se laissa tomber dans un fauteuil. Beaucoup de gars étaient musclés mais tortillaient des fesses. Il semblait y avoir des cris et des rires. Aigus, fort probablement. Quelqu'un pirouetta. Un glapissement aurait été de mise. La caméra s'approcha. Ce n'étaient pas tous des gamins. Des cheveux clairsemés voletaient sur un crâne chauve. Une grosse bedaine pointait entre les pans d'une veste de cuir à franges.

— Vous voulez le son, Monsieur Bannister ?

Cecil était à côté de lui.

— Je peux l'imaginer, merci.

— « Les homos, liberté... » dit Cecil.

— « ... les homos, légalité », compléta Dave.

— Est-ce qu'ils veulent tous être des flics ? demanda Cecil.

— Ils veulent tous être des filles. Mais c'est pour le principe.

Une pancarte occupa tout l'écran, couverte de

grandes lettres au marqueur orange, NEANDERTHAL GO HOME. Elle vacilla. Les cadres suivants montrèrent deux solides gars en uniforme kaki clair, debout les pieds écartés, les mains dans le dos, au sommet du perron de l'hôtel de ville. Derrière eux, la porte était un trou noir et rectangulaire. Le soleil brillait sur leurs courts cheveux blonds, faisait étinceler leurs insignes, leurs lunettes noires. Ils avaient de gros pistolets, des matraques et aucune expression.

Même pas quand les pancartes grimpèrent vers eux en masse. Ils ne bougèrent pas. Ils bloquaient la porte. Les premiers des manifestants bondirent sur les marches. La caméra bascula. Les pancartes s'agitèrent. Il était difficile de les lire. HOMOS. LOI ET ORDRE. ÉGALITÉ. MICROBES. Microbes ? Qu'est-ce qu'ils venaient faire là ? Une confusion de rayures rouges et jaunes boucha la caméra. Puis celle-ci se dégagea et regarda d'un autre angle. Au sommet des marches, un homme maigre, barbu, moustachu, les cheveux jaunes plaqués en arrière, chemise d'ouvrier maculée de sueur aux manches arrachées, brandit de longues feuilles de papier sous le nez des deux flics stoïques. Ils regardèrent droit devant eux.

Derrière eux dans l'ombre de la porte, une figure faisait une tache pâle, carrée. Ben Orton ? L'homme maigre se précipita. Les garçons en uniforme l'empoignèrent. Il avait l'air de ruer. Un des agents leva sa matraque. Une pancarte le frappa entre les épaules. Il y était question de LIBERTÉ. Des groupes passèrent devant la caméra. Un point de collage dans le film. Le cadreur était passé au téléobjectif. La figure de l'homme maigre emplit l'écran. Du sang ruisselait de son front où une grosse veine s'enflait. Encadrées par la barbe jaunie de tabac, les dents avaient le genre lapin. Ses yeux étaient exorbités. Il hurlait.

— Est-ce que je pourrais avoir le son, pour ça? demanda Dave.

Cecil s'éloigna. L'écran devint une traînée de couleurs. Le film tressauta et un plan fixe apparut, celui de la matraque levée. Il se remit en marche. Le son n'était que hurlements. Oui, c'était bien Ben Orton dans l'entrée. Ce que glapissait Cliff Kerlee, c'était : «… pétition légale des électeurs, des contribuables, des citoyens de cette ville. Comment ça, il refuse? Il se prend pour qui, nom de Dieu?» Il se débattait entre les mains des officiers de police. Des tendons ressortaient sur son cou décharné. Le cadreur se braqua sur les marches où des chaussures de tennis, des sandales de caoutchouc, des pieds nus sales piétinaient les longues pages de signatures au stylo-bille. Kerlee hurla : «Cochon arrogant! Je tuerai le gros…» Un sifflement électronique remplaça les mots qui jaillissaient de la barbe. Kerlee plongea hors du champ. Des pancartes et des têtes hirsutes basculèrent. Puis de nouveau les numéros de repérage et l'éclat blanc de l'écran.

— Merci, cria Dave.

— Ce n'est pas fini, répondit Cecil. Une seconde.

L'ordre chronologique n'était pas respecté. Une semaine plus tôt? Il en avait entendu parler mais c'était tout. Des micros se braquaient sur la mâchoire carrée de Ben Orton. Il portait une casquette avec un insigne. La visière soutachée d'or projetait une ombre sous le soleil éclatant. Il eut un léger sursaut de surprise et ôta sa casquette. Ses cheveux étaient coupés en brosse. Et sa moustache. Grise aussi. Les gens de la télévision l'avaient adossé à un hibiscus. Les fleurs rouges avaient l'air de se tendre vers lui. Sa voix était élevée, vaguement geignarde.

— Les gens ne signeraient pas ces pétitions s'ils savaient ce que sont vraiment les homosexuels. Les officiers de police le savent, eux, comment ces anormaux vivent. Les ruelles. Les lavabos publics. Les derniers rangs de cinémas pornos. Ce qu'ils font, avec des hommes qu'ils n'ont jamais vus. N'importe qui. Ce ne sont pas seulement des malades mentaux. Ils répandent des microbes. Si vous avez quelqu'un comme ça dans les vestiaires de votre police, toute votre police sera contaminée par des maladies vénériennes. C'est ça que veulent les gens qui signent ces pétitions ? Eh bien moi je vous le dis, ce n'est pas ce que veulent les officiers de police... ni leurs femmes.

Quelqu'un hors du champ interrompit avec une question. Le vent l'emporta avant que les micros la captent. Il était impossible de dire si Orton l'avait entendue. Il déclara :

— Ne tenez pas compte de ça si vous voulez. Cette idée est ridicule, de quelque côté qu'on la prenne. Quel homme de votre connaissance voudra se trouver coincé huit heures par jour dans une voiture de patrouille en compagnie d'un pervers ? Et s'il y a un pépin... et la voiture de police est là pour arrêter les pépins. Vous imaginez un homosexuel chargeant dans une maison où un forcené tire par la fenêtre ? Je ne voudrais pas voir la tête de la mère qui signe aujourd'hui une de ces pétitions quand elle apprendra plus tard qu'un officier de police homosexuel a été envoyé rechercher son petit garçon perdu de six ans.

Dave se leva, remonta la courte travée, les quelques marches, et regarda dans la cabine de projection. Tassé sur un tabouret de métal vert à la lumière de la petite veilleuse d'un des projecteurs, Cecil lisait un manuel de journalisme électronique. Dans la pénombre teintée, la voix de Ben Orton poursuivait :

— Cette mère ne remerciera pas Sacramento d'avoir voté cette loi. Elle ne remerciera pas le procureur de la faire respecter. Elle ne remerciera pas la Commission du Service Public de m'avoir fait embaucher ce pédé à un poste où…

— Je suis venu pour l'enterrement, dit Dave. L'introduction est bonne mais trop longue.

Cecil rit, posa son livre, se leva et accéléra la projection. L'extrémité du film claqua. Il abaissa un interrupteur et plaqua une longue main à la paume rose sur la bobine, jusqu'à ce qu'elle cesse de tourner. Il l'ôta de l'appareil et la jeta bruyamment dans une boîte en aluminium.

— Et un enterrement, un, annonça-t-il en soulevant le couvercle d'une autre boîte.

Dave retourna à son fauteuil. Mais ce qui apparut cette fois, ce fut Daisy Flynn assise dans un petit fauteuil bleu entre Cliff Kerlee en survêtement et un homme aux cheveux gris que Dave croyait connaître, qui portait une veste de tweed tissé main et fréquentait un coiffeur hors de prix. La caméra se braqua sur Daisy Flynn qui disait : « Aujourd'hui, nous allons nous entretenir avec deux personnalités du milieu homosexuel local, Richard T. Nowell, qui a commencé son action en 1953, et Cliff Kerlee, le fondateur d'Action-Homo. (Sourire.) Messieurs, je connais votre réaction aux propos du chef de la police Ben Orton que nous venons de voir en différé. Comment et pourquoi? Dick Nowell, voulez-vous commencer?» Dans la cabine, Cecil poussa un petit cri. Le film passa à toute allure.

Dave alluma une cigarette dans le noir, chercha à tâtons et trouva le couvercle métallique d'un petit cendrier dans l'accoudoir du fauteuil. La couleur revint sur l'écran. Le décor était tel qu'il se le rappelait, des collines rondes et brunes au loin, au premier plan de jeunes arbres, des plaques dans l'herbe, de longs rangs d'hommes en uniforme au garde-à-vous, des femmes discrètement vêtues avec gants et chapeau, assises sur des chaises de fer pliantes face à un cercueil de bronze recouvert d'un drapeau. Des couronnes sur des chevalets. Des supports de rotin blanc pour les gerbes de glaïeuls. Une rangée de fusils levés, crachant des bouffées de fumée. Un clairon qui s'époumonait. Le long repliage compliqué et rituel du drapeau, sa remise entre les mains de la veuve. Le fils en uniforme debout derrière elle, très raide. Des larmes coulant sous ses lunettes noires.

Dave pensa : *Bon Dieu, je ne sais même pas ce qu'il veut. Etre enterré? Où? Amanda le sait peut-être. Non. Il ne parlerait jamais de mort à Amanda.*

Dave cria à Cecil :

— Vous pouvez l'arrêter là?

L'image resta fixe. Une jeune femme blonde sur une chaise à côté de Louise Orton avait relevé la tête, tourné la tête en la levant légèrement.

— Maintenant, vous pouvez passer ça très lentement?

Le film avança en sautant, cadre par cadre. La main de la jeune femme se releva par saccades. Elle trouva celle de Jerry Orton posée sur l'épaule de sa mère. Les yeux de la jeune femme examinèrent la figure du garçon. Leur regard était tendre.

— Arrêtez, s'il vous plaît.

Le film s'arrêta. Cecil sortit de la cabine. Dave lui demanda :

— Vous connaissez ? C'est Anita Orton ?

Cecil secoua la tête.

— Pas question.

— Il s'agit d'une grande université, en majorité blanche.

— C'est comme ça que je le sais. Quand on est noir, on connaît tous les Noirs. Pas seulement connaître, mais connaître bien, voyez ? Et il y a deux ans, Anita sortait avec un Noir.

— Lester, dit Dave.

— Lester Green. Il a fait une connerie. Pas une petite connerie, une grosse.

— Et s'est retrouvé à Soledad.

— Fallait pas rigoler avec une fille comme ça. Lester a dit : « Je ne rigole pas. » Son père non plus. Cinq ans pour possession. Merde, Lester n'a jamais fumé d'herbe. Il n'en voulait pas dans sa chambre. Non, ce n'est pas Anita Orton.

— Je ne le pensais pas. (Dave se leva.) Il est dingue à quel point ?

Cecil fit une grimace.

— Lester ? Dingue ? Il était tellement andouille qu'il ne savait même pas se retourner dans son lit.

— Il n'a jamais voulu tout bousiller ?

Cecil feignit l'indignation, écarquilla les yeux, palpita des narines.

— Ecoutez-moi un peu, vous, je suis étudiant en DROIT, dit-il en ouvrant la bouche toute grande pour le dernier mot. Le DROIT c'est la LOI... Vous me comprenez ?

— Il ne savait pas qu'il y en a deux espèces ? demanda Dave.

— Maintenant il le sait.

— Ça l'a peut-être changé. Où est-ce qu'il habitait ? En famille ?

— A La Caleta. La maman, c'est tout, autant que je sache. Du genre qui se cache les cheveux dans un chiffon et qui va frotter dans les cuisines des Blancs pour que Lester puisse devenir le plus grand avocat du monde.

— Je vous remercie.

— A votre service. Il est sorti ?

— Cinq ans. Ça peut en faire deux, pour bonne conduite.

Cecil monta vers la cabine.

— Oh, Lester se conduirait bien.

— Et vous ? demanda Dave en ouvrant la porte. Miss Flynn pense qu'il y a un scoop là-dedans. N'allez pas l'exciter.

Cecil se tenait sur le seuil de la cabine de projection. Il était à contre-jour mais on put voir ses dents.

— Si c'est un scoop, dit-il, il est pour moi.

— Ce n'en est pas un. Pas encore.

Dave laissa la porte se fermer derrière lui et repartit dans le couloir insonorisé. Elle n'était pas à son bureau. Elle était sur l'antenne. Il la regarda à travers deux plaques de verre, d'une étroite salle obscure tapissée de petits écrans surveillés par un homme qui, écouteurs aux oreilles, manipulait des manettes et des boutons. Sur le plateau, les silhouettes du personnel, réalisateurs, techniciens, se distinguaient parmi les lourdes caméras, telles des marionnettes aux fils cassés. Derrière eux, au bureau arrondi, les journalistes étaient assis sous les projecteurs. Les hommes compulsaient des papiers, souriaient à l'objectif. Les cheveux teints de Daisy Flynn flamboyaient. Sa figure apparut soudain sur tous les écrans de contrôle. Sa voix sortit des haut-parleurs au-dessus de la tête de Dave. Elle disait :

— Et, pour finir, une exclusivité de la Chaîne Dix. Du nouveau dans l'affaire de l'assassinat, la semaine dernière, du chef de la police Benjamin J. Orton, de La Caleta. Medallion, de Los Angeles, la compagnie qui assurait le chef Orton sur la vie, interroge aujourd'hui toutes les personnes ayant un rapport avec l'affaire. L'enquêteur David Brandstetter a refusé d'être enregistré ou photographié et nous a dit que son enquête était de pure routine. Mais il a exprimé des doutes sur la culpabilité de Clifford Thomas Kerlee, l'activiste homosexuel actuellement en prison et qui attend d'être jugé pour le meurtre du chef Orton. (Elle sourit.) Et maintenant, bonne journée à tous, de la part du journal télévisé de la Chaîne Dix.

Les écrans montrèrent une bouteille de détergent en plastique bleu, éclairée et filmée avec vénération. Dave sortit de la régie. Il ouvrit violemment la porte du plateau. Daisy Flynn passa de la lumière crue dans l'ombre. Elle riait, entre les deux hommes. En voyant Dave, elle s'arrêta... s'arrêta de rire, de marcher. Les deux hommes la regardèrent, regardèrent Dave et sortirent.

— J'ai dit que je n'étais pas un sujet d'article, fit-il.

— Il y a longtemps que je fais ce métier, répliqua-t-elle. Vous ne pensez pas que je sais reconnaître la valeur d'une nouvelle ?

— Assez pour la démolir, grogna Dave.

— Les gens ont le droit de savoir.

— Les gens qui assassinent d'autres gens renoncent à beaucoup de droits. Quelqu'un, dans la nature, respirait tranquillement, se promenait avec le sourire, certain que Kerlee encaisserait pour ce qu'il a fait, lui. Maintenant, qu'est-ce qu'il fout ?

— Vous l'aurez. Lui ou elle. Je me suis renseignée sur vous auprès de la police de L.A. Vous êtes le meilleur à ce jeu.

— Sauf que ce n'est pas un jeu. Vous pouvez me trouver une photo de Ben Orton ?

— Si oui, vous me pardonnerez ?

Elle dit cela en minaudant et laissa tomber une partie de ses papiers. Les feuillets glissèrent en murmurant sur le revêtement de plastique noir et poussiéreux. Il les laissa par terre.

— Vous recommenceriez, dit-il.

Elle se baissa pour les ramasser.

— Je recommencerai n'importe comment. Venez avec moi.

La California Adult Authority avait des bureaux dans un bâtiment au toit plat qui sentait le neuf. GEORGE ANDERSON était le nom gravé sur un coin de table en bois ciré, dans le bureau vers lequel Dave avait été dirigé.

— Lester Green est sorti le 16 et il est venu se présenter ici, comme il le devait, dit Anderson. Il m'a téléphoné huit jours plus tard. Il habite chez sa mère à La Caleta.

Une large baie donnait sur le panorama du parking.

— C'est bien, dit Dave. Vous avez pu voir comment il est venu ici ?

— Une blonde l'a amené, répondit Anderson. Grassouillette. Dans une Gremlin vert vif toute neuve.

VI

Des boutiques de bois faisaient face à la baie. Une jetée de bois bancale suivait la courbe de la côte et s'avançait dans la mer. Des madriers peints en blanc servaient de garde-fou. Des marches de planches peintes en blanc descendaient sur trois mètres environ vers les appontements où des bateaux de plaisance à voile et à moteur se coudoyaient, cognant l'un contre l'autre leurs plats-bords bien propres. Plus loin dans l'eau bleue, des bateaux plus grands se balançaient au mouillage, des ketchs élancés, de vieux bateaux de pêche, des yachts altiers. Sous des voiles de couleur, des skiffs se penchaient, pleins de gosses.

Des veuves en chapeau de soleil et robe sans manches buvaient du vin blanc frappé et mangeaient de la sole à la crème à des tables ombragées, devant un restaurant dont l'enseigne arborait un poisson de dessin animé coiffé d'un sombrero. L'établissement s'appelait El Pescadero. L'enseigne de la boutique voisine avait la forme d'une palette et promettait du MATÉRIEL POUR ARTISTES mais elle était fermée. Dave secoua la porte. Personne ne vint. Il colla son nez à la vitre, les mains en œillères, et regarda à l'intérieur.

Des reflets d'eau ondulaient au plafond. De mauvaises marines s'alignaient sur des murs tapissés de jute. Personne ne bougea.

Il pinça les lèvres et s'éloigna. Il arrivait d'une autre porte fermée. Celle d'Ophelia R. Green, 127 Poppy Street, une masure parmi d'autres sous de vieux poivriers, dans un repli de colline, de l'autre côté de la route. Il avait frappé à une porte qui n'était qu'un léger cadre de bois pour écrans à mouches gondolés. Il avait attendu sur les planches inégales d'un petit perron, en plein soleil. Comme elle n'était pas venue répondre, il avait fait le tour; le jardin montait en pente raide. Des fleurs souriaient. Il y avait des rangs bien ordonnés de choux, d'oignons, de tomates. Un garage de fortune était à moitié creusé à flanc de coteau. Sa porte écrasa des herbes folles quand il l'ouvrit. Des grappes de bulbes de fleurs séchées pendaient des poutres, laissant traîner des lambeaux de sacs en papier. Par terre, aucune tache d'huile, aucune empreinte de pneus ne révélaient qu'une voiture s'y était jamais abritée. Une moto couverte d'une bâche était appuyée contre un mur. De la poussière s'éleva et le fit tousser quand il souleva la bâche. La moto étincelait mais ses pneus étaient à plat. Il ressortit sous le soleil et ferma la porte fatiguée. Une véranda était accrochée derrière la maison. Il gravit trois marches et tenta de regarder dedans. Il vit une machine à laver, ancienne, dotée d'une manivelle pour essorer. Des vêtements fripés étaient posés dessus, caleçons, blousons, jeans. Il descendit du perron. Dans le jardin voisin où se balançaient de hautes roses trémières, une Mexicaine parcheminée trayait une chèvre. Dave lui demanda en espagnol où était la señora Green. *La negra* faisait le ménage de personnes inconnues. Elle rentrerait pour souper. *La hora de cenar*…

Il aurait aimé la voir avant. Mais son après-midi ne serait pas perdu. S'il pouvait trouver de la peinture. Il descendit par une ruelle vers une terrasse où un jacaranda étalait ses branches en projetant une ombre légère et parsemait de fleurs bleues le carrelage rouge. Les magasins qui faisaient face à l'arbre avaient été garnis également de façades en planches brutes. De leurs poutres pendaient des filets de pêcheurs en guirlandes. Des ponchos, des serapes, de petits tapis mettaient des taches de couleur dans une vitrine. Derrière, on distinguait la charpente d'un métier à tisser. Dans la vitrine suivante, des bijoux d'argent martelé à la main et de turquoises étaient disposés sur du velours artistement froissé. Une troisième exposait des articles artisanaux en cuir, sandales, sacs, ceintures.

Dans une autre, au coin, des aquarelles étaient exposées contre un panneau recouvert de bure. Les sujets n'avaient rien d'original : bateaux, mouettes, jetées de bois. Il reconnut Monterey. Mais le dessin et le coup de pinceau étaient plus que bons et l'œil avait observé honnêtement. Au-dessus des tableaux une signature était peinte en grand, sur un carton : *Tyree Smith*. Sur le verre de la vitrine des lettres dorées toutes neuves annonçaient GALERIE MONA WINDROW. Au-dessus, l'enseigne avait été effacée par une couche de peinture blanche mais il put déchiffrer ce qui y avait été écrit : TOUT POUR L'ARTISTE. Avait été. Il haussa les épaules et entra.

Les murs étaient repeints de frais. Blanc nacré. Une dizaine d'autres Tyree Smith étaient accrochés sur l'un d'eux. Sur un autre, des masques d'étain mexicains. Le mur du fond, à part la porte, était entièrement couvert d'étagères de livres d'art neufs, brillants, certains tournés pour montrer le recto de la jaquette. Il y avait l'histoire de l'art mexicain qu'il avait vue chez Ben Orton. Le sol était recouvert d'un tapis blanc comme les murs. De grandes figurines de terre cuite précolombiennes étaient posées sur des socles de contreplaqué drapés de bure. Sous des spots. Il ne vit aucune vitrine de matériel de peintre, rien qu'un bureau neuf où personne n'était assis. Mais la porte dans les étagères s'ouvrit et un homme apparut.

Il portait une planche de sapin cassée, qui semblait avoir été arrachée à une caisse, et un ciseau à froid dans l'autre main. Des brins de paille restaient collés à sa barbe. Dave connaissait le genre galerie de tableaux et ce type ne faisait pas partie de la race. Il était fort et dur et sa peau n'était pas bronzée au soleil des plages, mais tannée comme du vieux cuir. Sa barbe aurait pu n'être jamais taillée. Un mouchoir à carreaux roulé et noué retenait ses longs cheveux en arrière. Il portait une chemise de coton légère qui n'était pas *made in USA* et un jean qui n'avait pas été délavé par le fabricant. Il ne dit mot. Ses sourcils, noirs, épais et droits au-dessus d'yeux d'un bleu étonnant, se chargèrent d'interroger.

— Vous avez acheté le stock aussi ? demanda Dave.

— Il est encore là, répondit l'homme avec un mouvement du menton. Derrière.

— La boutique sur la jetée est fermée. J'aurais besoin de deux tubes de gouache et d'un pinceau.

— Je ne sais pas du tout ce qu'il y a, dit l'homme, mais il disparut et revint avec des cartons.

Il en renversa un et des tubes, de petites boîtes de tubes de peinture cascadèrent sur le bureau. De l'autre, il fit tomber des bouquets de pinceaux attachés par des bandes de papier.

— Servez-vous.

Il recula, s'arrêta contre les étagères et se mit à rouler une cigarette avec du papier Zigzag et du tabac Bugler. Il avait des doigts épais et ses ongles endeuillés suggéraient un mécanicien. Quand Dave choisit de minces tubes de noir et de blanc et un petit pinceau de martre, il dit :

— Pas de couleurs ?

— Qu'est-ce que je vous dois ? demanda Dave.

Le barbu n'entendit pas. Il regardait vers la terrasse où des voix s'élevaient. Dave se retourna. Trois des veuves en chapeau de soleil passaient sous le jacaranda, en direction de la boutique du tisserand. Les voix n'étaient pas les leurs. Elles tournèrent la tête avec curiosité. Pour regarder le couple qui venait de s'arrêter au bord de la terrasse. L'homme était frêle, il avait des cheveux blancs et un complet de toile blanche jaunie, et la femme était brune comme une gitane, en sandales, longue robe de grand-maman, colliers de perles multicolores, nattes enroulées autour de la tête. L'homme se pencha vers elle et brailla :

— Bon, j'ai signé un papier. Nous étions amis, en principe.

— Tyree, tais-toi donc, mon chou. Il n'y a rien à dire. Le type voulait les tableaux. Je lui ai vendu les tableaux. Tu m'avais donné ce droit.

Elle s'éloigna.

— Pas pour des haricots, jamais de la vie ! cria-t-il et il la rattrapa, la fit pivoter. Je suis revenu d'entre les morts pour peindre ces tableaux. Deux mille dollars !

Il rit, mais dans un sanglot.

— Un joueur de base-ball touche plus rien que pour respirer profondément.

Elle se tortilla entre ses mains. Il refusa de la lâcher.

— Tu m'avais promis une exposition. Deux ans, j'ai attendu. J'ai vécu de cette promesse.

— Tu as vécu de vodka.

Elle se libéra et s'approcha de la galerie ; ses sandales plates claquaient sur les dalles. Il se précipita sur ses talons. Il ne paraissait pas solide sur ses jambes mais elle refusa de courir et il put la rattraper à deux pas de la galerie.

— Comme tu ne l'as pas remarqué, grinça-t-il, je n'étais pas heureux de balayer par terre, de nettoyer les chiottes, d'encadrer des croûtes pour les vieilles touristes. (Il vit les veuves qui le dévisageaient et leur tira la langue.) J'ai du talent, tu l'as oublié ?

— J'ai tenu ma promesse. (Elle dégagea une de ses mains et la tendit vers la vitrine où les aquarelles étaient exposées.) Voilà ton exposition, que tout le monde peut voir. Seulement tout le monde s'en fout, Tyree. Tu ne peux pas te fourrer ça dans la tête ? Personne n'achète.

— Tu voudrais me dire que c'est mauvais ?

Il donna l'impression qu'elle l'avait frappé à lui couper le souffle. Il la lâcha. Ses mots suivants furent implorants, larmoyants.

— Tu ne peux pas penser ça, Mona.

Elle frotta ses bras, là où il les avait serrés. Elle essaya de rester calme et gentille.

— Je veux simplement dire que c'est trop bon pour cet emplacement. C'est pourquoi j'ai organisé ce déjeuner avec Castouros. Il peut les vendre. Ils les accrocheront dans de belles maisons, à Santa Barbara, Malibu, Beverly Hills. Elles seront regardées et admirées. Je te rends un service, Tyree. Qu'est-ce que tu veux de moi ? Il y a bien, bien longtemps que tu n'as pas obtenu deux mille dollars d'un coup.

— Il en obtiendra dix mille, vingt. Ce pédé grec et huileux. Un décorateur, je te demande un peu ! Pourquoi ? Quel talent a-t-il ? Pourquoi est-ce qu'un rien du tout comme ça…

Le barbu était allé à la porte de la galerie. Il sortit et alla se planter devant le petit vieux fragile.

— Va te dessoûler, dit-il.

Smith recula un peu, peureusement, mais ne s'en alla pas.

— Franklin. C'est de ta faute. Toi et tes monstruosités mexicaines. Tu sais ce qu'elles représentent ? Une religion qui arrachait le cœur d'hommes vivants. Mais bien sûr que tu le sais bien. Ça te conviendrait, Al. C'est bien ton style. Où est-ce que tu planques ton bateau ? (Le vieux regarda autour de lui comme s'il s'attendait à le voir en cale sèche dans une des boutiques vides.) J'aimerais y percer un trou.

— Va cuver, grogna Franklin. Tu dois retourner à Monterey, tu te souviens ? Ces copains de bars qui te manquent tellement ? Tu ne peux pas traîner une remorque le long de la côte ivre mort.

La femme était déjà entrée dans la galerie. Franklin la suivit et ferma la porte. Tyree Smith resta chancelant pendant une minute, en les regardant de ses yeux vagues. Puis il s'en alla d'un pas mal assuré.

— Navré de cet incident, dit Franklin à Dave.

— Je voudrais acheter celle-là.

Dave indiquait le croquis d'un rocher drapé de goémon, où une coquille de crabe blanchissait au soleil.

— Je regrette, dit la femme, tout est vendu.

— C'est ce que j'ai cru comprendre.

Dave tendit les petits tubes de gouache et le pinceau.

— Combien, pour ça ?

— Rien du tout, prenez-les, dit-elle, et elle passa par la porte ouverte dans le mur d'étagères.

Dave se tourna vers Franklin. Le barbu haussa ses gros sourcils.

— C'est elle la patronne.

Dave jeta un coup d'œil aux terres cuites. S'excusa.

— Je doute d'avoir les moyens d'acheter une de celles-ci pour vous dédommager.

Franklin haussa les épaules.

— Oubliez ça, dit-il.

Le motel était neuf et dominait la marina. Dave se tenait devant le mur de verre ; il se séchait après une douche rapide, regardait les gosses bronzés aux cheveux décolorés par le soleil plonger de petits catamarans et se hisser de nouveau à bord. Il alla raccrocher la serviette rouge, blanche et bleue et se coiffa, posa sa valise sur un dessus-de-lit bleu-blanc-rouge et y prit un jean bleu qu'il enfila. Un seau à glace isotherme décoré d'étoiles était arrivé pendant qu'il prenait sa douche. Il jeta des glaçons dans un verre en plastique transparent, extirpa de sa valise une bouteille d'Old Crow et se servit une solide rasade. Il alluma une cigarette, s'assit sur le lit et forma un numéro sur le téléphone bleu-blanc-rouge. En attendant que l'infirmière de la réception aille chercher Amanda, il but deux longues gorgées.

— Il est toujours pareil, annonça Amanda. Le médecin dit que c'est bon signe. Il pourrait se remettre, Dave. Il pourrait.

— Continue à penser ça, dit Dave.

Elle était très jeune. Il lui dit où elle pouvait le joindre, en relevant le numéro écrit au milieu du cadran.

— On dirait que je vais être forcé de rester un moment ici. La situation est extrêmement bidon. A moins que tu aies besoin de moi. Elle sera tout aussi bidon quand je reviendrai.

— Tu rappelles ce soir ? demanda-t-elle, et sa voix parut nostalgique, comme si la solitude lui pesait.

— J'en avais l'intention, vers six heures.

— Il pourra peut-être te parler. S'il est conscient, il voudra te parler.

— Moi, j'aimerais bien lui parler, dit Dave.

Après avoir raccroché, il prit le pinceau et les tubes de peinture dans la poche de sa veste maculée de sueur. Il glissa hors de l'enveloppe beige marquée KSDC-TV la photo de Ben Orton et la posa sur le minable bureau de la chambre de motel. Il remplit d'eau un autre verre de plastique et s'assit au bureau pour retoucher la photo, pour transformer l'image de Ben Orton, lui mettre des cheveux longs bouclés sous le chapeau de cuir à large bord, ajouter des lunettes de soleil miroir, effacer la cravate et ouvrir le col de la chemise. Le dessus du bureau était en formica blanc. Il y mélangea ses teintes de gris. Quand il eut fini, ça s'enleva facilement. Il jeta le pinceau et les tubes de gouache dans le tiroir. Il laissa la photo sécher sur le bureau. Et il retourna téléphoner.

— Paradis des bêtes, annonça la voix de Doug Sawyer.

C'était l'homme soigné aux cheveux gris avec qui vivait Dave dans un grand appartement ensoleillé et mal commode, au-dessus de la nouvelle galerie de tableaux de Doug, à Robertson Avenue. Mais ce jour-là, comme depuis de longs jours, il était dans le magasin de sa mère, dans un coin sale et délabré de Los Angeles, entre un marchand de bicyclettes et un coiffeur pour dames. Il vendait le stock à d'autres commerçants. Aliments en boîte, sacs de sciure, graines pour les oiseaux. Matériel, cages, aquariums, comptoirs, chevalets, réfrigérateurs. Pendant que sa petite maman grasse était assise, le regard vague, les mains sur les genoux, dans la petite maison derrière la boutique où Doug avait grandi. Elle perdait la raison. C'était un problème de circulation du sang contre lequel la médecine était impuissante. Elle avait essayé de continuer à faire marcher le magasin mais les animaux, les oiseaux, les poissons ne supportent pas que l'on soit distrait, qu'on les oublie. Ni qu'on soit fou. Doug avait sa propre affaire, mais s'il ne venait pas la surveiller tous les jours, les graines ou l'eau risquaient de ne pas arriver dans les cages. De petites vies pouvaient s'éteindre comme des allumettes dans le vent. C'était loin… Los Angeles est grand. Et maintenant elle commençait à se négliger, elle oubliait de manger, de se laver, de se coucher. Deux fois elle s'était perdue en allant dans le voisinage, au supermarché ou à la banque. La police l'avait ramenée chez elle. Les jours de lucidité, elle essayait d'être gaie mais elle commençait à avoir peur. Il y avait longtemps que Doug avait peur.

— Tu vas bien ? demanda Dave.

— Elle a mis le feu à la poêle de bacon, ce matin, répondit Doug. Si je n'étais pas arrivé à ce moment, la maison aurait brûlé. Il fait trente-cinq à l'ombre à L.A., les gens ne respectent pas les rendez-vous et demain je vais être pris toute la journée pour la conduire à la maison de repos. Où es-tu ?

Dave le lui dit et lui donna le numéro de téléphone.

— De quoi ça a l'air ? Est-ce que tu vas rester éternellement absent ?

— Pas si une dame continue à mentir alors qu'elle n'est pas douée du tout. J'ai vu aujourd'hui des pièces précolombiennes qui te feraient baver.

— Tu veux rire ? Où ça ? Elles sont impossibles à obtenir, tu le sais. Depuis que le gouvernement mexicain a fermé la frontière.

— Une petite galerie d'ici. Des grandes. Des merveilles.

— Plus tard, dit Doug. Comment va ton père ? demanda-t-il (et, quand Doug le lui apprit :) Tu veux que j'aille à l'hôpital ?

— Si j'étais là, j'emmènerais Amanda dîner. Mais tu as assez de problèmes.

— Les tiens, tu peux t'en échapper.

— Je ne peux rien pour lui. Ecoute, je te l'ai demandé ce matin… Tu voulais que je reste ?

— Laisse donc, dit Doug. C'est les nerfs, c'est la chaleur.

— Je suis mieux quand je travaille, dit Dave. C'est tout.

— Le travail, déjà, grogna Doug, et il raccrocha.

Dave glissa ses pieds dans des espadrilles et enfila par la tête une tunique en jean à lacets de cordonnet blanc. Il ferma à clef la porte numérotée et partit avec la photo dans une enveloppe, le long du balcon de bois et dans l'escalier. L'Electra argentée l'attendait à sa place numérotée sous le bâtiment, en compagnie de quelques autres, mais elle était trop basse sur pattes. Il fronça les sourcils en regardant les pneus. A plat. Il passa de l'autre côté. A plat aussi. Il s'accroupit et tâta le plus proche. Lacéré.

Il se redressa. Se retourna. Des garçons passaient, en bermuda à fleurs ; ils portaient des planches de surf sur la tête. Un gros homme en chapeau de toile menait une petite fille par la main. Tous deux suçaient un cornet de glace. Le soleil étincelait sur les voitures le long des trottoirs. En face, une voiture, avec un insigne de la police peint sur la portière. Levant une main, Dave s'apprêta à traverser. Et elle démarra. Vite. Les pneus hurlèrent. En cinq secondes, elle disparut en dérapant au coin de la rue. Mais l'esprit de Dave conservait une image. Sous la visière de la casquette et les lunettes noires, le conducteur avait rigolé. En le regardant.

VII

La voiture de location était petite. La moindre fissure de la chaussée faisait claquer les dents de Dave. Il quitta le bord de mer, chercha et trouva de petites rues bordées de minables cottages de stuc, à la peinture depuis longtemps disparue, d'arbres mourants qui abritaient des caravanes rouillées dans des terrains vagues envahis d'herbes folles, des rues commerçantes où s'alignaient des ateliers en tôle ondulée, des magasins d'articles de pêche d'occasion, de vêtements de seconde main, une boutique de prêteur sur gages, une autre où un haut-parleur, au-dessus de la porte, braillait du rock et dont la vitrine poussiéreuse exposait des albums de disques racornis et fanés. Des madriers étaient cloués en travers des portes du TROU DE SERRURE FILMS POUR ADULTES, et quelqu'un avait lancé une pierre dans le plastique blanc de la marquise.

Une vieille femme tannée, affublée d'une visière verte transparente, traînait un caddie plein de bouteilles de soda couvertes de sable. Un garçon aux cheveux roux et hirsutes était assis, le dos contre une palissade qui entourait une pépinière verte. Il jouait de l'accordéon. Une fille en robe de grand-mère dormait, la tête sur l'épaule du gars. A côté d'eux, une pancarte était posée en biais ; elle portait au marqueur orange le mot BERKELEY. Un vieil homme coiffé d'une casquette sale de yachting serrait dans sa main une bouteille dans un sac en papier ; il était installé à une table ronde en ciment, non loin d'un stand de hamburgers étincelant de verre et de formica, et qui rendait le quartier encore plus sinistre.

En face, dans un terrain vague, des carcasses de bateaux étaient posées sur des échafauds affaissés. Derrière eux, la fumée avait noirci une façade de magasin. On avait cloué du contreplaqué couvert de graffitti à la bombe sur les trous des fenêtres. Au-dessus, une enseigne à la peinture boursouflée, craquelée et noircie proclamait PRESSE SOUS-MARINE. A côté, des rideaux bonne femme à carreaux ornaient une fenêtre où l'on pouvait lire CAFÉ & BOULANGERIE ALIMENTATION-BIO. La petite voiture fit demi-tour avec une nervosité qui surprit Dave. Il la gara devant le café.

Une clochette tinta quand il poussa la porte. Des fleurs à la craie de couleur égayaient les murs. Il respira une bonne odeur de pain chaud. Sur le formica à carreaux des tables traînait de la vaisselle sale. Le déjeuner avait dû être un moment de presse. Du pain s'entassait dans une vitrine désuète, au fond de la salle. Une jeune blonde sortit par la porte latérale, la mine éveillée, aussi fraîche et gaie que les fleurs à la craie. Elle était enveloppée dans un grand tablier blanc. Elle parut contente de voir Dave.

— Vous désirez quelque chose ?

— Quel est votre meilleur pain ? demanda-t-il.

— Le blé germé est formidable ; comme vous n'en avez jamais mangé. Sérieusement. Et ce que nous vendons le mieux, c'est le pain de carottes. Voyez? L'orangé.

— Je prendrai un de ceux-là, dit Dave.

Et quand elle fit bruyamment glisser la porte de la vitrine pour prendre la miche et la mettre dans un sac, il retira de l'enveloppe la photo retouchée et la posa sur la glace verte de la caisse.

Quand elle la vit, toute sa gaieté s'envola. Elle fronça les sourcils en regardant la photo, puis Dave. Il demanda :

— Vous avez déjà vu cet homme? Disons il y a eu huit jours samedi?

Elle tourna la tête, l'observa du coin de l'œil :

— Pourquoi? Qui êtes-vous?

Il posa sa carte à côté de la photo. Elle la lut sans la toucher. Ça ne la fit pas sourire.

— Il était assuré sur la vie chez nous, dit Dave. J'ai besoin de savoir qui il a vu, ce qu'il a fait le jour de sa mort. Il est bien venu ici, n'est-ce pas?

— Il est venu.

Un jeune homme au crâne rasé, doté de petites lunettes bleues cerclées de fer, avait rejoint la fille.

— Il posait des questions. Est-ce que nous connaissions Lester Green. Est-ce que nous savions où était Lester Green.

La fille pouffa.

— Et maintenant vous venez nous demander qui il était, l'homme de la photo. Et puis quelqu'un d'autre va venir poser des questions sur votre compte.

Dave jeta un coup d'œil par la fenêtre. Aucune voiture de police n'apparaissait dans la rue triste sous le soleil, mais il répondit « C'est possible », parce que ça l'était. Il demanda aux lunettes bleues :

— Il vous a dit qui il était ?

— Il ne voulait pas que ça se sache. Il portait une perruque. Il avait de ces lunettes miroir à travers lesquelles on ne voit pas les yeux.

La fille sourit ironiquement :

— Déguisé en hippie.

— Il ne sait pas qu'il n'y a plus de hippies, dit le gars. Il m'a montré de l'herbe. Dans une pochette en plastique. Une blague à tabac. Devait bien y avoir deux cents, deux cent cinquante grammes, peut-être plus. Il m'a dit de passer la consigne à mes clients, il donnerait tout à celui qui pourrait le mener à Lester Green.

— A Lester Green pour quoi ? se demanda tout haut Dave.

— Ce sera un dollar cinquante pour le pain, s'il vous plaît, dit la fille.

Dave la paya. Elle enregistra la vente à sa caisse et retourna dans l'arrière-boutique. Un disque se mit à jouer doucement, dans les haut-parleurs accrochés dans les coins. Une guitare, un simple soprano léger... *on peut écouter passer les bateaux, faire durer la nuit tant qu'on veut...* Dix ans, au moins ? Ces gosses devaient être en septième. Qu'est-ce que ça signifiait pour eux ? Sinon qu'il n'y avait plus de hippies ?

— Il nous a dit qu'il avait appris que Lester était sorti de prison.

Lunettes-bleues prit sous le comptoir une cuvette de plastique jaune et fit le tour des tables en y posant les assiettes et les verres sales.

— Il a dit que Lester avait de bons contacts mexicains, dans le temps. Risible.

— Avec des revendeurs de marijuana ?

— Lester n'y aurait jamais touché, il s'écartait de

tous ceux qui pouvaient en avoir. Il était très droit, régulier.

— Mais il venait ici ?

Dave haussa un sourcil.

— Il ne serait pas venu. Quelqu'un l'a amené.

— Comment il disait s'appeler, cet homme ? demanda Dave.

— Doc, mais ce n'était pas son nom.

— Non. Vous connaissez son nom ?

La cuvette était pleine. Le garçon l'emmena tintante, en lançant par-dessus son épaule :

— Pas vous ?

De l'eau coula bruyamment, apparemment dans une bassine en métal. Une odeur de savon en poudre. La fille éternua. Lunettes-bleues revint avec la cuvette vide.

— Alors vous n'avez pas fait ce qu'il voulait, fit Dave.

— Soyez sérieux.

Le gars débarrassait maintenant les tables de devant et sa voix revint, durcie et métallisée par l'écho de la vitre.

— Il pourrait m'arriver ce qui est arrivé à Lester.

Une fourchette tomba et glissa sur le sol. Il la ramassa.

— Mince. C'est dur de s'y faire, dit-il. Ce que la vie va être différente ici sans Ben Orton.

— Il y a son fils, lui rappela Dave.

Lunettes-bleues renifla.

— Sans son vieux pour le lui dire, il ne se torcherait pas le cul… Je me demande l'effet que ça fait, quand tout le monde a peur de vous ?

— Sauf Anita ? hasarda Dave.

— Ouais, ma foi, Anita. (Il jeta des couverts dans la cuvette, l'air songeur, le front plissé.) Elle n'est pas particulièrement intelligente non plus. Encore qu'elle pouvait se permettre n'importe quoi. Ça ne lui coûtait rien. Ça a coûté à Lester. Et à d'autres. Je vais vous montrer quelque chose.

Il laissa la cuvette sur la table et ouvrit la porte à sonnette. Il sortit sous le soleil. Dave le suivit. Le gars montra la façade noircie d'à côté.

— C'était l'organe de la contre-culture de La Caleta. Nous en avions besoin. Vous avez vu *La Caleta Tide* ? Le *Sangre de Cristo Bulletin* ? On croirait que Harding est encore président. Oh, nous avons bien Daisy Flynn. Elle peut être sarcastique, parfois. Les péquenots et les vieux de l'âge d'or la détestent. Mais elle ne peut pas dire grand-chose. Les salauds à la selle d'argent à qui appartient la station ne la laissent pas faire. Quand ça a commencé, elle avait une chronique, dans *Sous-marine*, dit le gars en désignant la façade du menton. Elle en a écrit deux. Ils lui ont mis le marché en main, y renoncer ou perdre sa place. Elle a renoncé.

— Il a duré combien de temps, ce journal ? demanda Dave.

— Pas longtemps. Un an, peut-être. Et puis il allait publier ce qui est arrivé à Lester Green. La vérité. Et cette nuit-là, la boîte a brûlé.

— Ce qui fait que l'histoire n'a jamais été publiée ?

— Le type était paraplégique. Le Vietnam. Eddie Suchak. Merde, les costauds eux-mêmes ne pouvaient pas lutter contre Ben Orton. Eddie a dû penser qu'il avait eu de la chance de ne pas cramer avec la presse. Il s'est tiré. On n'a plus entendu parler de lui, jusqu'à l'annonce à la télé. Il y a dix, quinze jours. Il est mort.

Dans un hôpital d'anciens combattants, du côté de la baie de Frisco.

— Quelle était la vérité ? demanda Dave.

— Tout ce qu'il m'a dit, c'est qu'il avait des preuves documentées. (Lunettes-bleues regagna le fond de la salle pour débarrasser les dernières tables. Dave le suivait.) Il est venu ici pour dîner, comme toujours, et il a dit qu'il avait reçu cette photocopie. De Sacramento. D'un bureau de l'Etat. Il riait et se frottait les mains, voyez-vous ? Il allait éliminer Ben Orton avec une seule colonne imprimée. Merde.

— A qui en avez-vous parlé ? demanda Dave.

Le gars se retourna brusquement et le regarda :

— Quoi ?

— Vous ne pensez pas que cet incendie était accidentel. Vous pensez que Ben Orton est responsable. Vous avez des clients réguliers. Vous me parlez librement. Je suppose que vous leur parlez librement. Quelqu'un a dû avertir Ben Orton. Comment est-ce qu'il l'aurait su ?

— Nom de Dieu, souffla le gars.

— Ça devait être un sacré document.

Le gars prit l'air maussade et partit avec sa cuvette de vaisselle sale. Quand il revint il observa :

— Aucun de nos habitués n'irait voir Ben Orton. Ben Orton était craint, je vous jure. Tout le monde était très inquiet quand Anita s'est mise à venir tout le temps. Quand sa voiture se garait le long du trottoir, y avait des gémissements, vous voyez ? Elle était dans la révolution, pas ? Comme un tas de gosses de riches. Nous avons seulement commencé à respirer quand elle a filé rejoindre César Chavez, les ouvriers agricoles. Seulement ça n'a pas duré. Son vieux l'a ramenée à la maison. Et puis elle s'est mise à venir ici avec Lester.

— Ça n'a détendu personne ?

— Autant qu'un tic-tac dans une mallette. Par chance, ça n'a pas sauté ici. Ça a sauté quand ils ont arrêté la Kawasaki de Lester et décollé le sachet sous le garde-boue.

— Elle est revenue, après ça ?

— Qu'est-ce que vous croyez ?

— Je crois que La Caleta est une petite ville, dit Dave, et que Sangre de Cristo n'est pas si loin ni bien plus grande. Ben Orton devait savoir que sa fille était avec un Noir. Qu'est-ce qui l'a fait intervenir brusquement ? Qu'est-ce que votre copain journaliste avait découvert ?

— Vous voulez que j'essaye de deviner ? demanda lunettes-bleues.

— Je ne vois pas comment vous pourriez vous tromper.

Le gars respira profondément :

— Une licence de mariage. Mais personne ne se marie plus. C'est dingue.

— C'est pourquoi ça cadre si bien, dit Dave.

Derrière la palissade, l'humidité montait. De longs rubans de plastique vert, à plat, brillants comme des serpents tout neufs, étaient accrochés en lourdes guirlandes en travers de supports de bois et laissaient filtrer de l'eau sur des arbres et des buissons en caisses. L'odeur de la terre était lourde. Plus loin, des mètres et des mètres de mousseline se gonflaient au-dessus de caissettes de semis. Dans un grand carré de gravier, des cactus absorbaient le soleil. Dans une brouette, des tiges de rosiers émergeaient, épineuses, de mottes de terre enveloppées de jute.

Dave s'approcha d'un petit bâtiment net à toit plat, avec de grandes fenêtres neuves en façade. Des caisses à semis, propres et vides, s'entassaient tout autour, de gros pots de fleurs en terre cuite, des pots vernis, des figurines de jardin. A l'intérieur, des canaris chantaient parmi des fougères suspendues. Sur les étagères s'alignaient des bocaux d'engrais, des bouteilles d'insecticide, des arrosoirs aux couleurs vives, des paquets de gants de jardinage en coton. Des truelles, des râteaux, des binettes, tout cela neuf, étaient accrochés aux murs de bois. Des sacs de terreau et d'engrais étaient empilés sur un comptoir. Mais personne ne s'occupait de la boutique.

Vers le fond, le terrain se muait en une petite jungle. Il longea une vieille camionnette sans vitres et trouva, presque caché par les grands bambous qui murmuraient et se balançaient au soleil sous une brise qu'il ne sentait pas, un cottage en planches à toit en surplomb et à petit perron bas en terrasse. La porte était ouverte et à l'intérieur un mince garçon basané, en short déguenillé, téléphonait, couché par terre, à plat ventre. Derrière lui, un poste de télévision en couleur, silencieux, exhibait les figures ruisselantes de larmes d'un mélo. Le poste était un grand écran et paraissait neuf.

— C'est la manière la plus dégueulasse que je connaisse de mener une affaire, dit le short-déguenillé, et il raccrocha brutalement.

Il roula sur le flanc et s'assit. C'était un de ces jolis garçons qui vieillissent vite. Sa peau s'épaississait. L'articulation de sa mâchoire devenait noueuse. Ses yeux commençaient à s'enfoncer sous une arcade sourcilière trop forte. Ils virent Dave.

— Qu'est-ce qu'il y a encore ? demanda-t-il.

— Pourquoi ? Il faut qu'il y ait quelque chose ?

— Par ici, toujours, grogna-t-il en se levant. Vous cherchez quelque chose ? Voyez le vieux.

— Le vieux est en face au Jack-in-the-Box, il boit du Thunderbird dans un sac en papier, dit Dave.

— *Cabron*, marmonna le short-déguenillé.

— Il n'y a pas de clients, dit Dave. Je ne viens pas acheter. Je viens parler à Hector Rodriguez.

Une lueur brilla dans les yeux enfoncés.

— De quoi donc ?

— Cliff Kerlee. Pourquoi il est en prison. C'est vous, Rodriguez ?

— Qui ça regarde ?

Il avait des mains calleuses. Elles formaient des poings comme des massues. Dave se présenta. Les poings se détendirent. Avec un hochement de tête sidéré et un rire triste, il cessa de bloquer la porte.

— Entrez donc. Mec, vous êtes dur à dénicher, vous savez ?

Il ramassa le téléphone et le posa sur une petite table en fer forgé dont le dessus de verre était jonché de catalogues de graines aux illustrations éclatantes.

— Entrez, asseyez-vous, Monsieur Brandstetter.

Il y avait un fauteuil-sac informe. Deux fauteuils de toile verte sur des armatures de fer. Avec la table basse et le poste de télévision, c'était tout le mobilier. Contre un mur, où deux bandes de papier cramoisi floqué avaient été collées, un grand rouleau de tapis, qui avait l'air neuf. Des camions de peinture encore jamais ouverts attendaient à côté. Au milieu du plafond dont les fissures avaient été récemment bouchées à l'enduit, un joli petit lustre de cristal tintait sous la même brise impalpable qui agitait les bambous. Rodriguez éteignit la télévision.

— *Hay mucho calor*, dit-il. Chaud. Vous prendrez une bière avec moi ?

— Bonne idée, merci.

Dave s'assit dans un des fauteuils verts. Rodriguez traversa la salle à manger vide, à l'exception d'un buffet encastré aux panneaux vitrés en losanges. Il disparut par des portes battantes à lattes, issues d'un chantier de démolition, et qui n'avaient pas été peintes. Dave lui cria :

— Ça doit être la télé ! Vous avez entendu parler de moi au journal télévisé, hein ?

— J'ai téléphoné à la Chaîne Dix.

Rodriguez reparut avec des bouteilles embuées et de fins verres à pied couverts de trop d'arabesques dorées.

— Dès que j'ai pu. Des gens sont venus et le vieux ne sert à rien. Une demi-heure après, peut-être. On vous avait vu mais vous étiez parti.

Il tendit à Dave un des verres tarabiscotés et le remplit. La bière était brune, l'étiquette mexicaine. Il posa la bouteille par terre à côté du fauteuil de Dave et se laissa tomber dans le fauteuil-sac avec son propre verre.

— J'ai téléphoné à votre compagnie à Los Angeles. J'ai eu un mal fou à obtenir le numéro par les renseignements. On appelle, on appelle (il but et s'essuya la bouche d'un revers de main) et puis ils ne savaient pas où vous étiez. Ils ont dit qu'ils me rappelleraient. C'est pour ça que je suis ici. Dehors, y a beaucoup de travail. Sans Cliff, deux fois plus. Mais j'attendais ici qu'ils rappellent. Et c'est ce qu'ils viennent de faire. A l'instant. Ils ne savaient toujours pas où vous étiez.

— Je n'en suis pas trop sûr moi-même, avoua Dave. Qu'est-ce que vous me vouliez ?

— Vous ne croyez pas que Cliff l'a tué. Je sais que Cliff ne l'a pas tué.

Il dut tendre le bras pour prendre des cigarettes sur la table. Il lança le paquet à Dave. C'étaient des cigarettes mexicaines au papier marron. Dave en prit une et relança le paquet.

— Il était ici avec vous, c'est ça ? Il n'est pas sorti de la journée ?

— Nous étions en train d'arranger cette maison. Nous avons fait pas mal de choses, la nuit. Mais on se fatigue, vous savez. Quand nous avons repris cette pépinière, elle était abandonnée depuis longtemps. Il a fallu beaucoup de travail pour la remettre gentiment en état, pour que les gens viennent. Pendant des semaines nous avons dormi ici, par terre sur des sacs de couchage.

Dave sourit.

— Sous un lustre de cristal.

— C'est ce que vous appelez le style pédé, dit Rodriguez, mais son sourire n'alla pas loin. Ça n'avait pas d'importance. Nous étions en paix. Pour un temps.

— Qu'est-ce qui s'est passé ?

Dave alluma sa cigarette avec son briquet d'acier. Rodriguez se servait d'allumettes en carton. Le goût sucré de la fumée le ramena à son enfance, ses voyages en Basse-Californie avec son père. Dans les *cantinas* perdues, craquelées de soleil, derrière les pompes à essence poussiéreuses, où des patrons mal rasés vendaient des cigarettes aux gosses. Il les entassait dans son rouleau de couvertures pour les rapporter en fraude à la maison. Il consulta sa montre. Pas à cause de *la hora de cenar*, quand il pourrait parler à Ophelia Green, mais en pensant à six heures, quand il devrait rappeler l'hôpital. Il avait encore bien le temps.

— Aujourd'hui, j'ai vu le film de la manifestation devant l'Hôtel de Ville. Votre ami Kerlee n'avait pas l'air paisible.

— Il a horreur de l'injustice, répondit Rodriguez. Ça le rend fou. Je lui ai dit de ne pas s'en mêler. Si nous sommes venus ici de L.A., c'est pour laisser derrière nous toutes ces conneries d'activistes. Dix ans, ça suffit. Ça n'a jamais servi à rien. Ça n'a fait que le vieillir. Et l'appauvrir. Il y a consacré tout son temps, tout l'argent qu'il avait. Le téléphone qui sonnait à deux heures du matin. Toujours une pédale dans le pétrin. Il y en aura toujours, tant que les hétéros ne changeront pas, et on ne peut pas les changer. Je l'ai dit à Cliff, ils faut qu'ils haïssent quelqu'un. Qu'est-ce qu'ils ont ? Des femmes au gros cul qui n'arrêtent pas de geindre, des factures et des échéances, des gosses qui deviennent des drogués, des putes et des voleurs de voitures. Il faut qu'ils se disent qu'il y a plus malheureux qu'eux. Ou plus heureux. C'est pire. Les homos ne peuvent rien faire de bien. Qu'on sorte ou qu'on se cache, ça ne change rien. Ils nous haïront toujours. Ou nous envieront. Ou nous plaindront. Au choix.

— Tout l'argent d'où ? demanda Dave.

— *Qué ?* Ah... Une boutique. Des plantes vertes. Des fleurs en pots. Près d'un grand hôpital, ça marchait bien. Mais si je n'avais pas caché la moitié de ce que nous faisions rentrer, en le déposant dans une autre banque que Cliff ne connaissait pas, nous aurions été sans un.

Et puis j'ai entendu parler de cette affaire, à vendre bon marché parce que c'était en piteux état. Je suis monté en voiture. En juillet dernier, le week-end du défilé. Ça m'a paru épatant. J'ai dit à Cliff : « Ecoute, on la prend ou c'est fini entre nous. » (Tristement, Rodriguez, versa le reste de sa bière dans le verre fantaisie.) Alors c'est de ma faute. Jamais je n'aurais dû…

— C'est la faute de quelqu'un d'autre, dit Dave. Quel défilé ?

— Vous savez bien. La Semaine de la Fière Pédale ? Tous les ans. Pour célébrer 1969, quand les travelos ont lancé leurs sacs à main à la tête des flics de New York. Cliff était toujours dans ce défilé. Mais pourquoi célébrer les travelos ? Elles passent toutes leur vie à célébrer, ces folles. Elles ne font que nous donner mauvais genre à tous. La Fière Pédale ! Je vous demande un peu. Qu'est-ce que ça veut dire ? Le carnaval des folles !

— Deux bandes de papier peint floqué ? dit Dave.

— Ouais. Merde. (Etonnamment, Rodriguez se mit à rire.) Il avait le pot de colle. Le papier était posé à plat par terre, à l'envers. Il était à genoux, il passait la colle sur l'envers quand ils sont entrés. Sans frapper ni rien. Trois grands costauds. Il s'est relevé d'un bond en demandant : « Qu'est-ce que ça veut dire ? » ou je ne sais quoi. Et ils ont déclaré qu'il avait tué Ben Orton, alors Cliff a plongé son gros pinceau dans la colle et il a badigeonné le premier flic. Du haut en bas. (Rodriguez s'essuya les yeux.) Je vous jure, la gueule du flic ! Comme un film muet, vous savez ? Un seul long coup de pinceau.

— Pour se mettre bien avec eux dès le départ, dit Dave.

— Mon vieux, il n'y avait pas moyen de se mettre bien avec eux.

Un reste de rire secouait le torse bronzé et lisse, soulevait les épaules. Rodriguez hoqueta mais il parlait sérieusement et sa voix devint grave.

— Je leur ai dit qu'il avait passé toute la journée avec moi. Je le leur ai dit et redit. Ils s'en foutent.

— Il faudra leur dire quelque chose de mieux.

— Je l'ai fait. Ils se foutent de ça aussi. Le District Attorney, il s'en fout. Même mort, c'est encore la ville de Ben Orton. Tout le monde est dans sa poche. Les juges aussi. Vous ne croyez pas que Cliff sera honnêtement jugé, pas vrai ?

La bouche pincée d'amertume, Rodriguez se pencha pour écraser sa cigarette dans un coquillage qui servait de cendrier.

— Daisy Flynn connaissait Cliff, elle l'a interviewé deux fois à la télé. Je le lui ai dit. Elle s'en fout aussi. *Puta*.

— Vous leur avez dit quoi ?

Dave quitta le fauteuil de toile pour se servir du cendrier.

— Que vous savez qui a tué Orton ?

— Qu'est-ce que ça peut vous foutre ? demanda soudain Rodriguez.

— C'est une petite affaire de soixante-quinze mille dollars.

— Du fric, fit Rodriguez, l'air peiné. La justice ne vous intéresse pas ? Cliff ne vous intéresse pas ?

— Ce qui m'intéresse, c'est qu'il n'a pas tué Ben Orton. Ce qui m'intéresse, c'est qu'on lui fait porter le chapeau. Ce qui m'intéresse, c'est de savoir qui a monté ce coup, parce que si je le savais, je saurais qui a tué Ben Orton. Si c'était sa femme ou son fils, ça m'intéresserait bougrement. C'est sa femme ou son fils ?

— C'est Richard T. Nowell, dit Rodriguez.

VIII

— Ils s'excitent facilement, dit Richard T. Nowell.

La veste en tweed tissé main qu'il avait portée dans le bout de film que Dave avait vu à la station KSDC-TV était maintenant accrochée dans quelque penderie. Il ne portait qu'un short de bain. Son corps mince et bronzé ne trahissait pas son âge. Pas plus que ses cheveux qui étaient retournés chez ce coiffeur hors de prix. Ils étaient gris, mais drus et sains. Ce qui révélait son âge, c'étaient ses yeux, durs, brillants et méfiants, des yeux qui en avaient trop vu et douté de presque tout.

— Les Hispanos… ils sont comme les haricots sauteurs du Mexique. Il n'y a pas de réalité, rien que du roman. Cervantès le savait en 1605. Rien n'a changé.

Il était étendu, un verre argenté à la main, sur une chaise longue d'aluminium et de toile à fleurs jaune vif, sur une terrasse, derrière une maison de la colline ; comme celle de Ben Orton, elle était en stuc blanc et rugueux, il y avait des grilles de fer forgé aux fenêtres, un toit de tuiles rouges. Il semblait qu'on travaillait à réparer les toits. Des tas de tuiles neuves occupaient un coin de la terrasse, ainsi que des truelles, des seaux, des échelles. On descendait dans la propriété en passant par un large portail de fer forgé. Il y avait un tennis où des jeunes gens en short lançaient une balle jaune de côté et d'autre d'un filet vert. De longues marches y montaient. Un autre escalier descendait vers une piscine bleue où des gars riaient et s'éclaboussaient. Derrière la piscine, un repli de colline broussailleux dissimulait la route. Au-delà il y avait les petits toits et La Caleta, la baie aux petits bateaux blancs, la vieille conserverie rouillée, l'océan étincelant.

— Il m'a dit que Kerlee et vous étiez ennemis, fit Dave. Que vous vous détestiez. Depuis toujours.

— Cliff n'avait pas besoin d'ennemis, répondit Nowell. Il se suffit à lui-même.

Un jeune homme blond aux longs muscles de nageur sortit par une porte-fenêtre sur la terrasse. Son slip de bain n'était peut-être pas le plus exigu possible, mais il en donnait l'impression. Nowell agita le bout des doigts vers lui.

— Va chercher à boire à M. Brandstetter, tu veux ? dit-il, puis il se tourna vers Dave. Qu'est-ce que ce sera ?

— J'ai déjà bu de la bière mexicaine. Ce qu'il y a dans le réfrigérateur.

Dave sourit au gars. Ce n'était pas difficile. Le gosse lui rendit son sourire.

— Löwenbrau, dit-il avec fermeté, et il emporta le verre vide de Nowell.

— Un enfant délicieux, murmura Nowell en le suivant des yeux. Il était destiné aux Jeux Olympiques. Il ne faisait que s'entraîner. Depuis l'âge de huit ans. Vous ne trouvez pas ça dément ? Son père dit qu'il aurait été sélectionné. Mais il y avait des problèmes au vestiaire.

— Ils viennent vous voir quand ils sont dans l'ennui, hein ? demanda Dave.

— Ils me sont envoyés. Par des médecins, des avocats, des agences, des organisations de défense des jeunes. Même la police, de temps en temps.

Dave cligna des yeux. Il regarda la piscine bruyante, en bas, puis les balles bruyantes sur les raquettes en haut.

— Tous ?

— Non, non, dit Nowell amusé, en agitant la main. Ce sont surtout des enfants des voisins qui viennent se distraire. Vous savez ce que c'est, quand on a une piscine.

Dave sourit largement.

— C'est affreusement assommant.

— Détestable, dit Nowell et ses yeux durs pétillèrent. De temps en temps il m'arrive un cas qui habite ici. Ce n'est pas la place qui manque. Des garçons. Des filles. Et des parents, bien entendu.

Comme sur un signal, un homme trapu à la toison grise sur un torse avachi tourna le coin de la maison. Il portait un bermuda de surfeur, trop large, une chemise hawaïenne voyante, des socques de bois et des serviettes de bain sur le bras. Il était chauve et les coups de soleil de son crâne pelaient. Une femme le suivait, trop bronzée, qui s'était affamée pour garder une silhouette convenable pour un bikini et y avait presque réussi. Les sourires que ces gens adressèrent à Nowell exhibèrent des dents stupéfiantes. L'homme devait être dentiste. L'air emprunté, ils descendirent vers la piscine bruyante.

— Ils paient bien ? demanda Dave.

— Nous sommes une organisation éducationnelle à but non…

— Vous l'avez toujours été. Mais il me semble me souvenir de vous dans deux petits bureaux minables, du côté de la Troisième Avenue à L.A. Dans un bâtiment voué à la pioche des démolisseurs ?

Nowell se mit à rire.

— Nous tapions sur des casseroles et nous poussions des cris dans les couloirs, dit-il, pour avertir les rats de notre arrivée. C'était très joli de les faire fuir, mais ils ne nettoyaient jamais avant de partir. Oui, c'était le bon vieux temps, la sale époque. Un photocopieur d'occasion, trois folles effrayées et, naturellement, une cause. Vingt-cinq ans de ça. Vous y étiez venu ?

— Vous étiez témoin de moralité dans l'affaire de l'ami d'un ami. Il n'avait pas de voiture. Moi si. Je suis allé le chercher chez vous un jour qu'il pleuvait. Nous nous sommes serré la main, mais vous ne devez pas vous le rappeler. Vous avez dû être témoin de moralité pour nombre de maîtres d'école hébétés arrachés tout nus à des bains de vapeur.

— Nous passions plus d'heures au tribunal qu'à dormir.

— Vous aviez un magazine aussi. Il me semble me rappeler un procès pour obscénité, non ?

— Pauvre petite feuille de chou, dit Nowell. A côté de ce qui se fait aujourd'hui, ce n'était pas plus méchant qu'un journal d'école du dimanche. Mais ça aidait. Ça parlait de milliers de gosses et d'hommes, solitaires et tristes dans ce pays, et qui n'étaient pas les seuls. Vous auriez dû voir les lettres, les misérables billets d'un dollar. Oui, il y a eu un procès pour obscénité. Nous nous sommes battus. Nous avons combattu la police, les fonctionnaires, les forces armées. Il y avait tant à combattre ! Ce n'est pas fini.

— Mais vous avez laissé tomber, dit Dave. Pourquoi ?

— Laissé tomber ? protesta vivement Nowell. Qui prétend que j'ai laissé tomber ?

— Sans parler de Rodriguez, Daisy Flynn et la veuve de Ben Orton. Mais surtout, dit Dave en regardant autour de lui, tout ceci.

Le champion de natation rapporta ses organes génitaux bien empaquetés, son sourire et les verres. Il dévala l'escalier de la piscine en poussant des cris de joie. Dave murmura :

— Ça ne vous est pas venu par de misérables petits billets d'un dollar.

— Ils n'ont pas suffi, dit Nowell. C'était mon propre argent qui nous faisait marcher. Vous n'imaginez pas la façon dont je devais vivre. Un quart de siècle de cancrelats, de biscuits et de beurre de cacahuète. Ce n'était pas seulement les frais de justice. Des hommes étaient renvoyés, des gars mis à la porte de chez eux. Des gens tentaient de se suicider, de se mutiler. Ils avaient besoin de médecins, de psychiatres, d'emplois, de toits.

— Ces coups de téléphone à deux heures du matin ?

— Quelqu'un devait répondre. Quelqu'un devait trouver l'argent.

Dave contempla la maison.

— Ici ?

Nowell renifla.

— Jamais. A côté de mon père, Ben Orton aurait eu

l'air d'un gauchiste. Vous imaginez les réjouissances quand son fils unique s'est révélé un oiseau au plumage éclatant. Les festivités ont duré des mois. Je chérirai toujours ses mots d'adieu… me regarder lui donnait envie de vomir.

Le père de Dave dit : « Tu me surprendras toujours. » Dave répondit : « J'attendais que tu devines. »

— Non, reprit Nowell, j'avais une petite rente d'une grand-tante. Et puis il y a quatre ou cinq ans, mon père est mort. Heureusement, c'était le genre self-made man, grand en selle, petit du cerveau. Il se méfiait des Juifs véreux, comme il appelait les avocats. En conséquence, il a fait un testament tellement incompétent que je me suis retrouvé avec cette maison dans laquelle il ne voulait plus que je remette les pieds, et avec tout son argent. (Le sourire de Nowell disparut.) Qu'est-ce que Daisy Flynn vous a dit pour vous faire penser que j'avais laissé tomber ? Je n'ai jamais abandonné.

— J'ai vu son chapeau d'une interview télévisée. (Dave goûta la bière allemande. La réfrigération américaine l'avait affadie.) Vous et Kerlee. A propos du refus de Ben Orton d'embaucher des homosexuels. Elle a dit que vous n'étiez pas d'accord tous les deux. Je connaissais les sentiments de Kerlee. Les vôtres se devinaient donc.

— Si vous aviez vu l'interview…

Un ballon de plage rayé, ruisselant d'eau, vola par-dessus la balustrade. Nowell avait des réflexes rapides. Il le frappa du plat de la main. Le ballon décrivit un grand arc et retomba. Des acclamations montèrent d'en bas.

—… vous auriez entendu Cliff délirer à propos de

pétitions, et qu'il fallait montrer que les citoyens de La Caleta avaient envie de flics pédés même si la police n'en voulait pas. C'était une idée démente, comme toutes celles de Cliff Kerlee.

— Il a obtenu les signatures. Comment ?

— Vous ne le devineriez jamais à le voir, dit Nowell, mais c'est un grand tombeur de femmes. Le syndrome du gitan ou je ne sais quoi. Ces yeux fous. Vous pouvez parier que les neuf dixièmes de ces signatures ont été écrites à l'eau de vaisselle. Vous ne voyez pas d'ici les pauvres créatures en bigoudis et jean humide, toutes rougissantes et bredouillantes, laissant brûler le dîner-télé pendant que ce vieil adolescent hypersexué s'appuyait nonchalamment à la porte de leur cuisine, l'air boudeur, en se grattant l'entre-jambes ?

— Vous oubliez pourquoi il était là. Elles devaient connaître ses penchants.

— Les femmes ne le croient jamais, railla Nowell. Elles sont toutes secrètement persuadées que les hommes ne sont homosexuels que parce qu'ils n'ont jamais rencontré la femme qu'il leur faut. Elles-mêmes, bien entendu. Cliff le sait et en profite.

— Ça n'a servi à rien. Ben Orton ne portait pas de bigoudis.

— J'ai averti Cliff. Au cours de cette interview. Et plus tard.

Nowell regarda Dave se pencher sur le briquet d'acier pour allumer une cigarette dans le vent de mer. La fumée se dispersa rapidement. Dave rempocha le briquet.

— C'est ce que dit Rodriguez. Vous êtes passé le samedi matin. Très tôt. Pour lui dire d'annuler la manifestation. Rodriguez dit que vous vous êtes emparé des pétitions pour les déchirer. Il y a eu lutte. Vous avez roulé par terre tous les deux.

Nowell exhiba de jolies petites dents de fauve.

— Je n'ai pas eu de mal. Je ne suis pas costaud, mais nerveux.

— Vous avez aussi plus de quarante ans, observa Dave.

Nowell haussa les épaules :

— Ce n'est pas ma façon de résoudre les problèmes. C'est celle de Cliff. Mais il n'est pas bâti pour ça et il n'est pas préparé. Je faisais partie d'un commando, dans l'armée. Si Rodriguez n'avait pas été là, son ami serait allé à l'hôpital.

— Mais vous ne le haïssez pas, dit sèchement Dave.

Un grand jeune homme charnu, en toque et tablier de chef rouges, arriva en se dandinant sur la terrasse ; il poussait un barbecue rond émaillé de rouge.

— Vous serez prêts à manger dans une heure ? demanda-t-il à l'air ambiant avec l'accent du Sud.

Il avait la voix forte mais Nowell feignit de ne pas l'entendre. Un sac de charbon de bois jaune et noir était appuyé contre le tas de tuiles. L'homme au tablier le ramassa.

— Est-ce qu'ils vont enfin le terminer, ce toit ?

Il n'espérait sans doute pas de réponse car il se mit à jeter bruyamment des briquettes dans le barbecue.

— Vous les avez appelés ?

— Boucle-la, Harv, dit Nowell sans se retourner.

— Dick, je vous ai dit de leur téléphoner.

Harv se déplaçait en tortillant des hanches. Il alla

remettre le sac en place. Il versa de l'essence à briquet sur le charbon de bois.

— Vous avez qu'à me dire de les appeler et je téléphonerai, moi. Je vous jure, avec toute cette saloperie entassée partout, y a plus de place pour se retourner.

— Harv, boucle-la, répéta Nowell.

— Comment veut-on que je fasse la cuisine ? Si vous avez pas vos côtes ou vos steaks ou vos poulets à six heures pile…

Il se baissa pour prendre sous le barbecue un tube en carton imprimé de fleurs des champs. Une longue allumette en sortit. Il la craqua, recula prudemment, détourna la tête et présenta la flamme au charbon ; l'essence prit d'un coup en ronflant.

— … c'est moi qui me ferai engueuler. Dick, vous m'écoutez ?

— Je leur téléphonerai demain, promit Nowell. Maintenant ferme ta gueule, tu veux ?

— Vous dites ça tous les soirs, grogna Harv en attisant le charbon avec son tablier, et de la fumée monta. Je vous jure, si vous oubliez encore demain, moi je vais les appeler, ça fait pas un pli.

— Si tu les appelles, tu te disputeras avec eux et ils ne reviendront jamais.

— Enfin quoi, qu'est-ce qu'ils ont foutu ? Ils ont fichu du mortier mouillé partout. Ça a dégouliné jusqu'ici. Dur comme du fer. Non mais regardez un peu l'effet que ça fait. Moche. (La fumée le fit tousser.) Qui c'est qui va nettoyer ça ? Pas moi. J'ai déjà bien assez à faire. Et regardez comment ils ont empilé ces tuiles. Elles vont dégringoler, Dick. (Il flanqua un bon coup de hanche rembourrée dans l'une des piles.) Un de ces jours, y en a une qui va glisser. Elles sont lourdes. Si jamais elle tombait sur la tête de quelqu'un, en bas, elle pourrait le tuer.

— Si elle tombe de ce côté, elle ne peut tuer qu'un écureuil, dit Nowell. Comme tu vois, j'ai un invité, alors je te serais reconnaissant de te taire.

— Je m'en vais chercher les steaks, bougonna Harv.

IX

Nowell se comporta comme s'il n'y avait pas eu d'interruption. Il répondit à Dave :

— Non, je ne le haïssais pas. On ne hait pas un fou. On essaye de l'empêcher de se blesser. Ce matin-là je suis allé à la pépinière pour tenter de l'empêcher de se ridiculiser, lui et tous les homosexuels avec. La manifestation allait bousiller toutes ses chances d'obtenir ce qu'il voulait.

— D'où venaient ces troupes ? demanda Dave. Ces gens n'avaient pas l'air originaires d'ici.

— De L.A., des bars les plus minables, des bains de vapeur les plus répugnants.

— Il leur avait téléphoné ? Rodriguez l'aurait laissé faire ?

— Il n'en avait pas besoin. Pas si cette conférence de presse d'Orton passait à la télévision.

Nowell releva la tête. Des mouettes survolèrent le haut toit rouge, en battant des ailes, en luttant contre le vent du large, en direction de la plage.

— Pour eux, elle n'aurait voulu dire qu'une chose. Une occasion de manifester, du bruit, des gestes obscènes, des mots orduriers sur des pancartes. Si possible, émeute et arrestations. Avec un peu de chance, une tête ensanglantée. Ça n'a jamais servi à rien. C'est pourquoi ils adorent ça. Une nouvelle occasion de défaite. Et, naturellement, leur chef était là.

— Pourquoi était-il là ? demanda Dave. Rodriguez m'a dit pourquoi il avait arraché Cliff à L.A. Vous l'aviez laissé répondre tout seul à ces coups de téléphone de deux heures du matin.

Nowell laissa échapper un petit grognement amer :

— Et que Dieu ait pitié des malheureux correspondants. Ils ne savaient pas ce que c'était que d'avoir des ennuis avant de décrocher leur téléphone. Il pouvait les leur doubler avant midi. Ecoutez-moi. Je n'ai jamais cessé de répondre. Je n'ai jamais tout laissé faire à Cliff.

— Ils ont cessé de vous appeler.

— Précisément. Dans notre petit bureau minable, avec notre petit magazine minable, où nous nous mêlions de nos affaires, où nous accomplissions quelque chose. Et puis, brusquement, voilà les clowns. La fanfare, les éléphants, les phoques savants. Les gens de la télévision ont été pris de folie. Naturellement. Je vous demande un peu, n'importe qui, le premier venu qui se rend totalement ridicule est forcé de faire monter le pourcentage d'écoute. Et tout le monde a toujours su que les homosexuels sont une bande de vieilles petites filles qui se peinturlurent la figure et se déguisent avec les plus belles robes d'organdi à maman. Qu'est-ce que les média peuvent demander de plus ? Jamais cinq minutes de discussion sérieuse. Mais des folles en délire ? Ha ha ! C'est pas à se tordre ?

— Ça les rendait faciles à repérer, dit Dave.

— Hé vous savez pas ?

Harv reparaissait avec un plateau de métal sur lequel s'entassaient des steaks.

— Vous savez ce que c'était, les deux principaux chars de la première cavalcade le long de Hollywood Boulevard ? dit-il en posant le plateau sur une table pliante en formica. Une pédale crucifiée couverte de paillettes violettes et un pot de vaseline de trois mètres. Tout ce que le premier raciste venu sait de l'homosexualité sans avoir besoin de le demander.

Nowell répondit à Dave :

— Ça nous rendait impossibles à repérer.

Des steaks claquèrent sur le gril et se mirent à grésiller. En tablier rouge, Harv gagna la balustrade en se tortillant. Il brandit une fourchette à long manche et cria vers la piscine :

— Feriez bien d'aller prendre votre douche vu que c'est l'heure du souper !

Le vent emporta sa toque de chef. Dessous, il était chauve. Poussant un cri aigu, il galopa sur la terrasse après la toque.

— Je vais vous laisser, dit Dave en se levant.

Harv était à genoux dans un coin, tout au fond. On ne voyait que son ample postérieur en jean, le nœud rouge de son tablier, les semelles blanches de ses Adidas. Mais il avait l'ouïe fine.

— Vous êtes le bienvenu si vous voulez rester, dit sa voix étouffée. Epis de maïs grillés ? Véritables petits pains du Mississippi ? Tarte texane maison aux pignons ?

Il récupéra la toque derrière les tas de tuiles, s'assit sur ses talons et la tapa pour la dépoussiérer.

— C'est tentant, répondit Dave. Mais j'ai un rendez-vous.

— Allez chercher le gars, proposa Harv en se relevant, la haute toque rouge posée sur sa calvitie. Ramenez-le, il sera le bienvenu aussi.

— Ce n'est pas ce genre de rendez-vous-là, dit Dave, puis à Nowell : Est-ce qu'ils ne vous ont pas un peu facilité les choses ? Pour poursuivre ce que vous faisiez ? Moins d'interruptions ?

— Ce qu'il fallait vraiment faire, dit Nowell, ce n'était pas d'organiser des défilés, des cavalcades, des manifestations et des pétitions. Il fallait changer les lois. Pendant vingt ans, nous avons essayé, seuls. De temps en temps, un nouveau parlementaire frais sorti de l'œuf s'en allait voleter dans la cage aux lions avec une petite proposition de loi timide. Il se faisait toujours manger. (Nowell soupira et quitta sa chaise longue.) Et puis, enfin, enfin, nous avons eu un homme expérimenté de notre côté... Quelqu'un qui savait s'y prendre, qui avait les présidences de commissions nécessaires, le pouvoir nécessaire.

— Et vous avez fait changer les lois.

— Pas du tout.

Nowell alla se pencher vers la piscine.

— Alors, vous venez, tragiques dévoyés ?... Non, pas à ce moment. Nous avons rassemblé vingt experts, des psychiatres, des professeurs de droit, des chefs de police...

— Pas Ben Orton, dit Dave.

Nowell le toisa avec pitié.

— Nous avons passé des heures assis devant des tables d'audience, sous les yeux furibonds et chassieux de vieux politiciens endurcis qui nous harcelaient, jour après jour, de questions, comme des couteaux à châtrer bien émoussés. Et nous avons attendu.

Les gars de la piscine se bousculèrent dans l'escalier; leurs longs cheveux de chiens mouillés ruisselaient sur des corps incomplètement formés. Ils agitaient des serviettes tels des fanions. D'eux d'entre eux effleurèrent d'un baiser les joues creuses de Nowell avant de suivre les autres en riant, en criant, en se poursuivant dans la maison.

Les jolies petites dents de Nowell sourirent à leur disparition pendant un moment. Puis il revit Dave et reprit le fil de son récit.

— Finalement nous avons reçu un coup de fil de Sacramento. Notre ami avait aligné ses voix. Une faible majorité, mais assez... A moins qu'on se souvienne de Cliff Kerlee, ajouta-t-il avec un sourire amer.

— Qu'est-ce qu'il avait à voir là-dedans ?

Une solide fille aux joues rouges et aux cheveux blonds coupés court surgit par la porte-fenêtre. Elle portait un jean délavé sur des hanches débordantes. Son sweat-shirt à manches courtes arborait une inscription au pochoir, OAKLAND RAIDERS. Elle poussait une table roulante de restaurant en inox, chargée de vaisselle, de couverts, de serviettes, de verres. Une fille qui aurait pu être sa jumelle suivait, les mains protégées par des moufles de cuisine; elle portait une grande marmite fumante. Quand elle la posa, Harv souleva le couvercle et Dave vit danser des épis de maïs. Harv les piqua avec la fourchette et remit le couvercle.

— Il a emmené ses troupes, comme vous dites, à la capitale, poursuivit Nowell. Et au moment du scrutin ils se sont rués dans la salle en agitant des écharpes de mousseline, laissant traîner un sillage de parfum de Prisunic, pour sauter au cou de tous les législateurs qu'ils pouvaient attraper. (Nowell leva son verre, renversa la tête en arrière, laissa tinter les glaçons contre ses dents.) Nous n'avons pas obtenu la majorité des voix.

— Quelqu'un l'a obtenue, dit Dave. Des adultes consentants ?

— Des années après. Et ce n'était pas moi, grogna amèrement Nowell. Une vie entière de travail. Pour rien. Rien.

— C'est pourquoi il est assez difficile de comprendre comment Kerlee a abouti ici. La Caleta n'est pas si grand ni si recherché. Vous trouver tous les deux ici…

— Mes parents habitent L.A., dit Harv. J'y vais tout le temps.

Il piquait des steaks avec sa fourchette et les jetait sur des assiettes. Il cria vers la maison :

— Quelqu'un ferait bien de venir manger ça ! Sérieusement !

Tout en déposant de nouveaux steaks sur le gril pendant que les footballeuses ajoutaient des épis de maïs aux assiettes, Harv s'adressa à Dave pendant que ça grésillait :

— Dick n'est pas d'accord avec moi mais je pense que si quelqu'un est homo, peu importe qu'il soit noir ou blanc ou rouge des pieds à la tête, c'est mon frère. Je me fous qu'il soit d'accord avec ce que nous devrions faire – je parle politique, maintenant – nous sommes du même bord. Nous ne pouvons faire autrement que d'être du même bord. Nous voulons la même chose, pas vrai, après tout ?

— Ah oui ? fit Nowell. Harv, tu n'es qu'un imbécile.

Harv ne fit pas attention à lui.

— Et je donne ma clientèle aux homos. C'est ma politique, déclara-t-il en s'éventant la figure. Je voulais une plante verte pour l'anniversaire de ma sœur. Je suis allé chez Cliff Kerlee.

— Avec ta grande gueule, dit Nowell.

— Ne m'interrompez pas.

Mais ce fut le dentiste au crâne pelé et sa femme momifiée par le soleil qui interrompirent. Ils montèrent lourdement, gloussant en reniflant les bonnes odeurs. Harv se précipita, leur déplia des transats, étala une serviette sur leurs genoux, alla leur chercher des assiettes bien pleines. Cela fait, il regagna le barbecue, retourna les steaks et dit à Dave :

— Et le petit Rodriguez disait qu'il voulait arracher Cliff à L.A. Vous pouvez me croire, je le comprenais.

Harv jeta un coup d'œil mauvais à Nowell.

— Comment tu as pu lui adresser la parole, ça me dépasse, dit Nowell. Après ce que Cliff nous a fait.

— Je ne suis pas vindicatif comme vous, Dick. Je ne peux pas continuer à haïr les gens. Je ne peux certainement pas continuer à haïr mes frères homos.

— Je vais vomir.

Harv regarda Dave.

— Et je me suis rappelé cette pépinière à vendre, à La Caleta, qui tombait en quenouille, qui réclamait à grands cris quelqu'un qui ait le coup de pouce du jardinier.

— De la jardinière, tu veux dire, grommela Nowell.

— Exactement. Si on me laissait faire, tous les commerces de cette ville seraient homos. Si on cessait un peu de haïr et si on se mettait à aimer, ce monde serait meilleur. Faut se tenir les coudes, Dick. Combien de fois je vous l'ai dit ?

— Huit cent cinquante-quatre mille ?

— Et le petit Rodriguez, dit Harv à Dave, est monté

ici, il a adoré l'endroit et c'est comme ça que Dick Nowell et Cliff Kerlee se sont retrouvés dans le même patelin. Et je ne le regrette pas du tout.

— Cliff doit avoir des regrets pour deux, dit Dave.

— Ben quoi, c'est pas ma faute, protesta Harv. C'est Ben Orton qui a commencé. Nowell et son image de père. Il parle de ma grande gueule. C'est la grande gueule de Ben Orton qui a mis Cliff Kerlee dans tous ses états... Dodo? Angie? Apportez des assiettes. Ceux-là sont à point.

Dodo et Angie apportèrent les assiettes. Des garçons en survêtement envahirent la terrasse. Un gamin en dashiki marron et orange suivit. Puis un autre en peignoir de bain blanc. Ils firent beaucoup de bruit de vaisselle et s'interpellèrent à tue-tête.

— Du beurre! cria quelqu'un.

— Le ketchup! dit quelqu'un d'autre.

Des chaises furent bruyamment dépliées. Un ballon d'enfant vert sortit d'une fenêtre du premier, un bout de papier attaché à sa ficelle. Le vent s'en empara, le poussa contre le mur jusqu'au coin de la maison et l'emporta vers les collines rases. A la fenêtre, un garçon en blouson rayé gémit :

— Ah zut, c'était ma commande!

— Tu serais joli embroché dans ma rôtisserie, lui cria Harv. Descends ici.

Dave demanda à Nowell :

— Image de père?

— Harv ne m'a jamais pardonné.

Nowell prit le bras de Dave et l'entraîna vers l'escalier latéral d'accès au portail et à la route.

— Après ses gaffes à la télé, dit-il, j'ai invité Ben Orton et sa femme à dîner ici.

— Je suis estomaqué, dit Dave.

— Ils ne pouvaient pas refuser. Cette ville appartenait à ma famille bien avant qu'on entende parler d'Orton.

— A dîner ? Ici ?

Dave regardait la terrasse, les garçons bruyants et joyeux, les serviettes enroulées par le vent autour de leurs chevilles, la fumée grasse. Nowell commença à gravir les marches et il le suivit.

— Ça ne ressemblait pas à ça. C'était à l'intérieur, en privé, très élégant et calme. Des chandeliers d'argent. Des vins vieux. Une nappe espagnole en dentelle.

L'ombre de la maison teignait le court de tennis en lie-de-vin. La balle jaune avait été oubliée. Nowell alla la ramasser.

— Le meilleur bourbon avant. Des châteaubriants. Le meilleur cognac après. Des cigares de Cuba. Du café viennois.

— Ça paraît persuasif. Ça a marché ?

Nowell grimaça :

— Il manquait une jolie femme.

— J'ai entendu dire ça de lui.

— Alors vous avez parlé à quelqu'un qui s'y connaissait.

— Daisy Flynn.

— Ça a été une des premières.

Soudain Nowell surprit Dave en lançant la balle. Haut. Sur le toit de la maison. Il attendit, la figure levée, comme un gosse maigre aux cheveux gris.

— Une petite Irlandaise rieuse aux cheveux de flamme. Reporter stagiaire au *Sangre de Cristo Bulletin.*

La balle roula sur les tuiles, rebondit et vint atterrir dans la main de Norton.

— Ma mère m'écrivait tous les potins.

— Et quelqu'un est allé potiner auprès de Louise Orton, c'est ça ?

Nowell s'approcha d'un banc vert, y trouva une boîte cylindrique en fer, y jeta la balle, referma le couvercle.

— Après ça, notre Ben a pris soin de mettre de la géographie entre Louise et l'autre femme... les autres.

— Et combien de temps ça a duré ?

— Aussi longtemps qu'il a eu un souffle de vie. Du moins... Harv et moi nous l'avons vu à une table du fond, très discrète, dans un petit restaurant que nous pensions être les seuls à connaître. Le Nirvana. Dans les collines, à Monterey. Combien de temps ?... Il y a six semaines... huit ? Il tenait les mains d'une femme. Plus très jeune mais encore belle. Brune, le regard profond. Des tresses noires, épaisses, des colliers de céramique, des sandales artisanales. Je crois qu'elle dirige une galerie de tableaux. Mais qui n'en a pas, à Monterey ?

— Louise Orton n'est pas au courant du Nirvana ?

— Je suis sûr qu'elle n'est au courant de rien, si cent kilomètres de route peuvent lui éviter de savoir. Vous auriez dû la voir ce soir-là. Elle le couvait des yeux comme une jeune mariée.

— Vous vouliez de lui la même chose que Kerlee.

— Ce qu'il voulait mais ne pouvait jamais obtenir, rectifia Nowell. Il ne comprenait pas les hommes comme Orton. J'ai été élevé avec eux. Ici même. Qu'on leur présente un problème humain un peu plus compliqué que bonjour bonsoir et ils ne savent faire que deux choses : le bousiller ou l'écraser. On ne les force pas.

A rien. Certainement pas à des trucs homos. Certainement pas en public.

Nowell s'engagea sur la dizaine de dernières marches, vers la grille. Dave le suivit.

— C'est ça que vous avez dit à Daisy Flynn, au cours de l'interview télévisée ?

— En d'autres termes.

— Louise Orton m'a raconté que vous étiez une épine dans sa chair. A vue de nez, il pouvait vivre avec. Les événements semblent le prouver. Le cinéma porno a été fermé. Le journal contestataire supprimé. Je n'ai pas vu de planches clouées sur la porte d'un salon de massage mais il y en avait un, n'est-ce pas ?

— Si vous voulez gagner une bataille, dit Nowell avec son petit sourire pincé, vous choisissez le lieu, le moment et la stratégie.

— Seulement vous n'avez pas gagné. Ou bien avez-vous gagné ?

La main de Nowell était sur le portail. Il se retourna, les sourcils froncés.

— Qu'est-ce que ça veut dire ?

— Qui combattiez-vous ? Orton ou Kerlee ?

— Qu'est-ce qu'Hector Rodriguez vous a dit au juste ?

— Que peu de temps après l'émeute, vous êtes retourné en douce à la pépinière et que vous avez pris le sac à franges de Kerlee dans la camionnette. Il ne vous a pas vu… il sait simplement que ça s'est forcément passé comme ça. Vous avez porté le sac chez Orton, vous lui avez fracassé le crâne et vous avez laissé le sac à côté du cadavre pour faire porter le chapeau à Kerlee.

— Ecoutez-moi un peu, maintenant, dit Nowell. Toute

la vie de Cliff Kerlee a été une longue ruée vers l'autodestruction. Il était violent. Ça ne pouvait se terminer que d'une seule façon. (Il ouvrit le portail.) Et c'est comme ça que ça s'est terminé.

Dave sortit dans la poussière de la route. Quelque chose bourdonnait avec un bruit aigu dans les broussailles de la colline. Il se demanda quel genre d'insecte c'était. Il avait entendu le même bruit en sortant de la pépinière une heure plus tôt. Il regarda. Rien ne bougeait dans les ombres allongées du soir.

— Où étiez-vous quand ça s'est terminé ?

— Là où je suis toujours à cette heure. Dans une de mes criques favorites, en haut de la plage. Pour méditer, ajouta Nowell en le regardant bien en face, le regard moqueur. Non, ne demandez pas. Personne ne m'a vu.

X

Des tuyauteries fatiguées faisaient frémir la maison branlante. Derrière la femme, quelque part, de l'eau coulait à gros jets dans une baignoire. Elle était grande, tel un sac d'os dans un peignoir délavé. Au-dessus des hautes et larges pommettes, les yeux étaient légèrement bridés, leur cornée jaunie comme de la vieille porcelaine. Ses cheveux étaient striés de gris, mais Dave doutait qu'elle ait cinquante ans. Elle gardait la porte-écran fermée au loquet, entre eux.

— Comment pourrait-il être ici ? On l'a envoyé en prison il y a deux ans. C'était une erreur. Lester ne ferait jamais rien de contraire à la loi. La dernière chose qu'il toucherait, ce serait la marijuana. Un autre garçon a dû se tromper de motocyclette dans le noir. Et puis la police a arrêté Lester.

— Il est sorti de prison le seize, dit Dave. Le responsable de la liberté surveillée m'a dit qu'il vivait ici. Ce ne sont pas ses vêtements, sur votre machine à laver ?

— Ce sont ceux de Bernard Stein, dit-elle. Son papa et sa maman sont en croisière dans l'Arctique. Je m'occupe de la maison. Bernard m'a seulement apporté ceux-là au moment où je partais. Je les ai emportés pour les lui laver ici.

— Lester vous doit beaucoup. Ça ne paraît pas chic qu'il ne soit pas venu tout droit vous voir. Il aurait pu au moins téléphoner. Il a téléphoné à Anita Orton.

— Je n'ai pas le téléphone. Je n'en ai pas les moyens. Qui est Anita Orton ?

— Elle l'a conduit chez son responsable. Puis elle l'a conduit ici, n'est-ce pas ?

— Je ne connais pas d'Anita Orton, déclara Ophelia Green. Il faut partir, maintenant. Ma baignoire va déborder.

Elle ferma la porte de bois aux rideaux bien propres derrière le panneau de verre fêlé. Les marches de bois fléchirent sous les pieds de Dave quand elle s'éloigna. Il leva la main pour frapper encore, entendit une voiture gravir en première la côte raide et se retourna. Entre les branches du poivrier, il la vit ralentir devant le portail branlant de la palissade blanche où des géraniums rouges flamboyaient. C'était une Montego bleu lavande. La conductrice, qui regardait anxieusement la maison d'Ophelia Green avec des yeux ronds de poupée, était Louise Orton. Elle reconnut Dave. La voiture fit un bond. Ses pneus hurlèrent. Elle monta la côte en trombe. Il se retourna et tambourina à la porte. La tuyauterie cessa de frémir. Des pas s'approchèrent. Ophelia Green ouvrit violemment la porte intérieure.

— Je ne sais pas pourquoi vous continuez à me harceler !

— Je ne le ferais pas si vous disiez la vérité. Vous connaissez Anita Orton. Lester et elle étaient ensemble avant qu'il aille en prison. A l'université et à La Caleta aussi. Lester ne vous l'a pas dit ? Ils allaient se marier.

Elle serra le peignoir autour de son cou.

— Non, dit-elle. Il est trop jeune. Il devait terminer ses études.

— Bon, peut-être que non. Il avait peut-être peur de votre réaction. Anita n'était pas aussi intelligente. Ou alors elle avait des mobiles différents. Elle l'a dit à son père. Ça ne lui a pas plu. Il l'a montré à sa façon en la rayant de sa police d'assurance-vie. Et d'une autre façon que vous devez savoir, je crois. Dites-le-moi.

— Je ne sais pas de quoi vous parlez. J'aimerais que vous me laissiez tranquille. Je travaille dur. Je ne sais même plus pourquoi. Dans le temps, c'était pour Lester que je travaillais, que j'espérais. Mais c'est fini, tout ça. Jamais ils ne laisseront un gars qui a fait de la prison devenir avocat. Pas un gars noir. (Son rire fut bref et triste.) Quelle idiote j'ai été. De penser qu'il pouvait avoir une chance. De croire qu'en l'amenant ici pour l'élever je lui éviterais les ennuis.

— C'était un pari sûr, dit Dave.

— Il n'y a pas de paris sûrs. Pas si on est noir. Allez vous-en, maintenant. Je suis fatiguée, je veux prendre mon bain, je veux dîner. Je veux m'asseoir et regarder la télé jusqu'à ce que je m'endorme. Est-ce que c'est trop demander? Je me lève tous les matins à cinq heures.

— Madame Green, vous savez que ce n'est pas « un autre garçon » qui a collé cette marijuana sous le garde-boue de la moto de votre fils. Lester ne vous a jamais raconté ça.

— En tout cas, ce n'était pas Lester.

— C'est exact, mais il savait qui c'était et vous le savez aussi. Vous devez mourir d'envie de le dire à quelqu'un… après ces deux longues années.

Elle respira profondément, ouvrit la bouche, la referma. Elle secoua la tête.

— Je ne comprends pas ce que vous voulez dire.

Dave soupira. A côté, la chèvre bêla. En haut du canyon, de petits oiseaux se disputaient dans les vieux arbres. Les collines cachaient le soleil qui se couchait. Ici, dans le fond, dans l'ombre, il commençait à faire frais. Il regarda sa montre. Amanda devait attendre qu'il téléphone. Son père était peut-être conscient, capable de lui parler. Le saurait-il jamais ? Il regarda le visage usé de l'autre côté de la porte-écran.

— Pourquoi avoir peur de lui maintenant ? Il est mort.

— Qui dit que j'ai peur ? Peur de qui ?

— Le grand homme avec insigne et revolver qui a envoyé Lester en prison et qui est venu ici il y a huit jours pour le chercher. Pour l'inculper d'un truc bien plus grave que la possession de marijuana. Vous lui avez raconté ce que vous m'avez dit, que Lester n'était pas là. Et avant qu'il le trouve, il a été assassiné.

— Assassiné ! Vous parlez du chef de la police Orton ?... C'est de ces Orton-là ? Sa fille ? (Ophelia Green tenta un rire incrédule mais ses yeux exprimaient la peur.) Des gens riches et importants comme ça ? Qu'est-ce qu'ils ont à voir avec nous ? Quelle grave inculpation ?

— Il a reçu une lettre. Le genre de lettre écrite avec des mots découpés dans des magazines et collés sur une feuille. Ça ne lui a pas plu, il n'y a pas cru. La lettre disait que quelqu'un tenait sa fille et exigeait vingt-cinq mille dollars pour la rendre saine et sauve. Il est allé à Sangre de Cristo pour la voir. Elle n'était pas là. Mais l'étudiante avec qui elle partageait un appartement lui a dit qu'elle avait reçu un coup de téléphone juste avant de partir. D'un garçon. Pour une raison à lui, il a demandé si la voix du garçon était celle d'un Noir. Pour la même raison, il est venu ici, n'est-ce pas ? C'était une inculpation d'enlèvement contre rançon.

Peut-être était-ce le jour mourant mais il ne le pensait pas. Elle était devenue grise, couleur de cendre. Elle détourna la tête et gémit. Sa main tâtonna sur le crochet de la porte-écran et le souleva. Elle souffla d'une voix presque inaudible :

— Il vaut mieux que vous entriez.

Il entra. La pièce gardait la chaleur de la journée. Elle se laissa tomber dans un fauteuil rembourré couvert d'une housse fleurie élimée. Il était installé face à un vieux poste de télévision au plastique terne et rayé. Elle laissa pendre ses mains osseuses des accoudoirs gonflés. Elle baissa la tête et la secoua lentement.

— Je le savais, je le savais. J'aurais dû fermer cette maison et aller chez ma belle-sœur à L.A. Thelma. Je ne l'aurais pas gênée. Elle est infirmière chirurgicale. Je n'aurais pas dû écouter…

— Mme Orton, vous voulez dire ?

— Elle disait qu'il n'y aurait pas d'ennuis. Maintenant qu'il était mort. Maintenant que ce fou est en prison pour ce crime. Aucune autre personne vivante ne connaissait cette lettre. Rien qu'elle et moi. Mais la vie n'est pas comme ça. Je savais que vous viendriez. Pas qui vous seriez… Simplement que vous deviez venir.

— Comment êtes-vous au courant de la lettre ?

Du regard, Dave balaya la pièce bien en ordre, décourageante. Une corbeille à papiers en raphia s'effilochait dans un coin. Des magazines roulés étaient fichés dedans.

— Est-ce que Lester l'a collée ici ?

— Je vous l'ai dit, je ne l'ai pas vu ! cria-t-elle. Et d'abord, jamais il ne ferait une chose pareille.

— Ben Orton lui avait volé deux ans de sa vie. Il avait détruit son avenir. Devenir avocat, c'était important pour lui. Pourquoi n'aurait-il pas voulu se venger ?

— Les Noirs ne sont pas tous des sauvages. Les Noirs bâtissaient ce pays avant que les gens avec des noms comme le vôtre descendent du bateau.

— C'est vrai, dit Dave. Mais vous ignorez s'il a composé et collé cette lettre ou non, n'est-ce pas ? Vous n'étiez pas ici. Vous étiez au-dehors, au travail.

— Le seul moyen qu'il aurait eu de faire ça, c'était si elle l'avait forcé, déclara Ophelia Green. Il ne haïssait pas Ben Orton. Ni personne. On ne peut pas vivre avec la haine. Je lui ai appris ça tout bébé. La haine, on ne peut que mourir avec. Mais elle, personne ne le lui a appris. Et elle le haïssait vraiment, pour tout ce qu'il lui avait donné, et il lui avait tout donné.

— Sauf Lester.

Ophelia Green renifla avec mépris :

— Elle n'en a jamais voulu, de Lester. Il la voulait mais elle, elle se servait de lui pour faire enrager son papa. Pour voir jusqu'à quel point elle pourrait tabler sur son amour. L'argent, les voitures, les vêtements, les vacances, tout ça c'était facile pour lui. Il lui avait toujours donné tout ce qu'il voulait, lui. Elle devait l'obliger à donner quelque chose qu'il ne voulait pas.

— Mais vous ne la connaissez pas, dit Dave.

Ophelia Green le regarda avec un demi-sourire honteux. Elle leva une main et la laissa retomber.

— Je connais cette enfant depuis qu'elle avait trois ou quatre ans. Je travaillais pour eux, dans le temps. J'emmenais Lester avec moi, il le fallait bien. Je n'avais personne à qui le confier. Il a toujours été un gentil petit garçon, il jouait avec mes épingles à linge, des trucs, bien tranquille à la cuisine, il ne gênait personne. Mais elle ne le laissait pas en paix. Et elle ne jouait pas gentiment non plus. Toujours à lui causer des ennuis. A le faire pleurer.

— Eve, murmura Dave.

— Je n'avais pas envie de faire ça. Mme Orton était toujours très aimable avec moi. Son mari n'aimait pas que les enfants jouent ensemble mais elle trouvait ça mignon. Je remettais, je remettais tout le temps… ce que je savais être bien au fond de mon cœur. Mais j'ai fini par voir qu'il fallait que je parte. J'aurais dû partir le jour même. Lester était déjà perdu. Le cœur brisé. Il a pleuré et m'a supplié de le ramener.

— Et l'école ? demanda Dave.

— A ce moment, elle ne le regardait même plus. Rien n'est plus cruel que les petits enfants. J'ai cru qu'il en mourrait. Mais au bout d'un moment il a paru l'oublier. Quand on est noir, on s'habitue à être traité d'une façon ici, d'une autre ailleurs. Ils ne sont pas méchants, ils ne le font pas exprès. Je lui avais appris ça. Je croyais que c'était fini. Il avait de bonnes notes. Il avait de petits copains. Il ne se rongeait plus.

— Elle se rongeait, dit Dave. Où était Jerry dans tout ça ?

— Avec son papa. Toujours avec son papa. Je ne sais pas comment il va vivre sans son papa.

Dave regarda encore sa montre. Il s'approcha de la corbeille de raphia et prit les magazines. Il mit ses lunettes.

— Maintenant encore, il n'est pas au courant de cette demande de rançon. Pourquoi ?

— Anita se payait la tête de son papa, dit Ophelia Green. Il ne voulait pas que le petit sache qu'on se payait sa tête.

— Encore un petit, hein ?

On s'était servi d'une lame de rasoir pour découper les mots. 25 000 avait été le premier prix d'un concours de pâtisserie. SAINE provenait d'une publicité de couches-culottes.

— C'est ce que Mme Orton vous a dit ? Que Ben Orton pensait que la lettre n'était qu'une blague ? Une méchante plaisanterie ?

— Oh, il était furieux. Il les cherchait. Dieu sait ce qu'il leur aurait fait. Elle est venue les emmener d'ici, si c'était là qu'ils se cachaient. Elle voulait qu'ils aillent au Mexique et qu'ils y restent jusqu'à ce que sa colère soit passée. Mais elle n'avait pas d'argent. Il ne lui en donnait jamais.

— Ça n'aurait pas aidé Lester. (Dave rangea ses lunettes.) Il devait se présenter régulièrement à son responsable.

— Rien ne pouvait aider Lester, murmura sombrement Ophelia Green. Il retournera en prison, comme vous disiez. Pendant de longues années. Et pour quoi ? Pour elle. Et elle se fiche complètement de lui… Il a du bon sens. Seul, il ne ferait jamais rien de mal. Il connaît le prix. Pour les Noirs, c'est toujours deux fois plus cher. Mais pour elle… Si elle lui dit fais ça, il le fait.

— Ils étaient ici, n'est-ce pas ? dit Dave.

— Sans doute. Lester a sa clef. Et son lit…

Elle s'interrompit et regarda par la fenêtre où les ombres du poivrier dessinaient de la dentelle noire sur le blanc. Puis elle leva vers Dave des yeux suppliants.

— Je suppose qu'ils étaient dans son lit. Ça en avait l'air. Mais ils étaient partis quand je suis rentrée... Le chef Orton a pu se tromper, dit-elle avec dans sa voix le plus frêle des espoirs. Quelqu'un d'autre a pu envoyer cette lettre.

Dave posa le magazine sur ses genoux. Elle toucha les endroits découpés, les examina dans le demi-jour.

— Oui, souffla-t-elle. Bon.

Quand elle le lui rendit, il y avait des larmes sur ses joues, cette fois.

— Mais ce n'était pas voulu. Ce n'était qu'un... Un jeu, c'est tout. Des enfants. Un jeu.

— Où tout le monde a perdu, dit-il.

A la porte aux géraniums, il entendit encore le bourdonnement aigu. De l'autre côté de la route ? Là, le terrain plongeait et, parmi les herbes folles, on voyait des fondations de brique rouge, en ruine. Il traversa et regarda le sommet de la côte. Aucune trace de la Montego bleu lavande. Mais au premier virage une camionnette Ford était garée. Il l'avait vue dans la matinée. Et puis, une demi-heure plus tôt, quand il était parti de chez Richard Nowell, n'était-elle pas parmi d'autres voitures garées en haut de la rue ? Les sourcils froncés, il piétina des décombres entre les fondations de brique. Mais le bourdonnement s'était tu. Quand la maison s'était écroulée, une cabane était restée debout. Il s'avança entre les hautes tiges des tournesols lourds. Le cadenas avait rouillé et s'était détaché mais quelque chose maintenait la porte. Il regarda entre les planches disjointes. Il y avait de vagues formes en tas à l'intérieur mais rien ne bougeait. Il contourna la cabane et regarda encore. Il n'apprit rien. Il se retourna. En bas, une barranca, dense de plantes rampantes, concombres sauvages, chèvrefeuille, liseron. Dans le soir tombant, des fleurs blanches levaient des figures spectrales. Et il y avait un vif reflet de métal. Il leva les yeux. Il y avait encore pas mal de jour dans le ciel. Il commença à descendre pas à pas, prudemment. La paroi était raide et il devait sans cesse s'arrêter pour arracher des boucles de lianes accrochées à ses chevilles. Il perdit de vue le reflet métallique. Il se pencha à gauche, à droite, en plissant les yeux. Etait-ce du verre qu'il voyait maintenant ? Il descendit rapidement, trébucha, manqua tomber, jusqu'au fond de la barranca où les plantes grimpantes et rampantes s'amoncelaient à hauteur de son menton. Il plongea les mains dans le sommet du tas et tira un bon coup. Une épaisse et lourde couverture se souleva.

Dessous, il y avait une petite voiture. Vert vif. Toute neuve.

XI

Le bouton brillant de la porte de sa chambre de motel tourna à vide, brisé. Il poussa le battant. Une bouffée de whisky lui sauta au nez. Il voulut allumer. Rien ne se produisit. Il gagna la fenêtre en tâtonnant et tira les rideaux du mur de verre. Le ciel était d'un bleu-vert lumineux. La mer aussi. La lumière suffisait. Les draps et les couvertures avaient été arrachés du lit et jetés au hasard. Le matelas avait été à moitié tiré du sommier. Des tiroirs avaient été sortis et renversés. Sa valise gisait tel un poisson étripé.

Il foula le complet fripé, les chemises, les caleçons pour aller poser sur la commode la photo de Ben Orton dans son enveloppe, le pain de carottes dans son sac en papier et la tête de delco de la petite voiture verte. Le long miroir au-dessus de la commode était brisé. Le poste de télévision était couché sur le dos et regardait les débris de verre blanc constellé d'étoiles du plafonnier. Sa bouteille d'Old Crow avait été brisée contre le rebord du bureau. Le whisky faisait une grande tache sombre sur le tapis.

A côté de la table de chevet renversée, parmi les éclats de faïence de la lampe, gisait le téléphone. Il le ramassa, raccrocha, écouta. Pas de tonalité. Il tira sur le fil. Il pendait mollement, arraché au mur. Dave posa le téléphone sur la pente du matelas, trouva un petit tournevis de poche dans la veste du complet jeté par terre et s'accroupit pour dévisser la petite coquille de plastique et reconnecter les fils. Puis il redressa le fauteuil, s'y assit, posa le téléphone sur ses genoux et appela l'hôpital.

L'infirmière de l'étage lui annonça :

— Mme Brandstetter est partie dîner. Elle m'a priée de vous dire que votre père avait repris connaissance cet après-midi et qu'il avait parlé de vous.

— Parfait. Je peux lui parler ?

— Demain, peut-être. Son état est stable, maintenant. Le médecin a bon espoir.

— Dites que j'ai téléphoné. Elle est sortie seule ? demanda Dave.

— M. Sawyer est venu. Avec un jeune homme. Hawaïen ?

— Tahitien, dit Dave avec lassitude. Merci, mademoiselle.

Il raccrocha et garda la main sur l'appareil, la mine sombre. Christian Jacques était grand, brun et suave. De la grâce, de l'esprit et un sourire éblouissant. Il gérait un bar-restaurant en face de la galerie de Doug. Le Bamboo Raft. La façade s'ornait d'un chaume de fausses palmes. De fausses torches brûlaient à côté de la porte. Si on ne faisait pas attention, votre verre était corsé de lait de coco ou de jus de papaye. Le discours de Jacques était corsé de français. Ce qui avait séduit Doug. Doug avait vécu et travaillé en France depuis la fin de la guerre jusqu'à ce que De Gaulle expulse l'OTAN. Pendant vingt ans, le français avait été sa langue, au travail, dans les magasins, les taxis, les théâtres, les cinémas, les bistros. Et au lit. Il avait vécu avec un jeune pilote de course français. Ne plus entendre la langue, ça avait dû lui laisser une espèce de vide douloureux. A Jacques aussi, sans aucun doute. C'était sa langue natale à Papeete et il avait été élevé à Marseille et à Paris. Si Doug et lui se voyaient si souvent, c'était pour parler français. Et de la France. Bien sûr. Ben voyons. Et puis merde.

Il demanda les renseignements et on lui passa la police. Mais Jerry Orton n'était pas là. Il n'était pas non plus sorti avec sa voiture de patrouille pleine d'éparvins. Il n'était pas de service avant minuit. Dave raccrocha, respira profondément, souffla et se frotta les paupières du pouce et de l'index. Il était fatigué, il perdait les pédales. Ce n'était pas par téléphone qu'il voulait parler au jeune Jerry. Le gosse. Il voulait arriver au milieu d'une partie de baseball télévisée, et d'une grande boîte de bière, d'un sac de chips. Ou du sommeil de l'innocence. Il posa le téléphone par terre, alla dans la salle de bains où la lumière marchait encore, s'aspergea la figure et la nuque d'eau froide. La bière avait laissé un goût aigre. Il se brossa les dents et se rinça la bouche. Il traversa la chambre ravagée, tira derrière lui la porte qui ne fermait pas, longea le balcon au-dessus des bateaux blancs endormis à leurs appontements et descendit.

Le long des quais de bois, les flammes des bougies vacillaient dans des verres de couleur sur les tables de la terrasse de l'El Pescador. Dans le paisible murmure de l'eau, à ses pieds, des rires légers lui parvenaient, un tintement de couverts et de verres. COCKTAILS s'épelait en petit néon rouge contre un ciel déjà flamboyant. Il n'avait pas le temps mais il avait quand même envie d'un verre. Le bar était plein de vieux baux de navire arrondis, de rouleaux de cordages goudronneux, de lanternes maritimes en cuivre. Personne n'était assis sur les tabourets. Ils étaient tous dans une arrière-salle où une guitare jouait, des gens raisonnables, des gens qui savaient mener leur barque, des gens capables de se mêler de leurs propres affaires. Le barman avait des manches bouffantes et un gilet rouge brodé d'argent, mais même avec la moustache en guidon de vélo il ne faisait pas mexicain. Il faisait Sioux Falls, Iowa. Dave commanda un verre et l'annuaire local. Il mit ses lunettes. SANGRE DE CRISTO – MADRONE – LA CALETA. L'annuaire n'était pas encore très épais. Mais le nom y était : *Orton, Gerald B., 310 Sandbar Rd., LC*.

Une galerie de bois surmontait le bar. Il y avait des fenêtres, là-haut. Il pouvait apercevoir le coucher de soleil sur la mer. Il emporta son double whisky par un escalier de fer en colimaçon et s'assit sur un tonneau à coussin de toile devant une table-tonneau. Dehors, des mouettes reposaient sur une patte, sur un toit de bois. Il goûta son whisky, alluma une cigarette et contempla l'océan puis la figure du vieil homme frêle qu'il avait vu ivre, il y avait des heures, sur la terrasse au jacaranda. Tyree Smith. Il était assis. Il portait encore le complet de toile blanche jaunie. Il était encore ivre. Ou redevenu ivre. Sa main était crispée sur un verre vide maculé de doigts.

— Je ne veux pas que vous vous mépreniez à mon sujet, dit-il.

D'en bas, le barman cria :

— Smith, je croyais vous avoir dit de foutre le

camp ? Vous avez dormi là-haut ? Descendez ici. Laissez le monsieur tranquille.

— Le monsieur et moi buvons un verre, dit Smith, et ses fausses dents claquèrent. Nous éclaircissons un malentendu. Le monsieur est mon invité. Vous n'avez pas le droit de me traiter comme un clochard. J'ai payé ma note. Apportez-nous un autre verre à chacun. A chacun. Des verres.

— Nous n'avons aucun malentendu, dit Dave.

— Vous étiez à la galerie de Mona. Vous me prenez pour un sale vieux poivrot qui moleste les femmes.

— Je vous prends pour un bon peintre.

Smith ferma un œil. Ce n'était pas un clin d'œil. Il essayait de voir plus clair.

— Merci. Mais vous voulez dire était. (Il réfléchit à sa réflexion et secoua un peu la tête.) Etiez. Vous étiez un bon peintre.

— Ce ne sont pas de vieilles aquarelles, dit Dave.

— Toutes récentes. Mais les dernières. Plus la peine… Vous me comprenez ? Le mieux que je pouvais faire, les meilleures de toutes. Mais trop tard. Plus le temps. Le monde s'est retourné sur moi.

Les talons du barman claquèrent sur les marches de fer. Sa tête et ses épaules apparurent. Il jeta un regard dégoûté à Smith, un regard interrogatif à Dave. Dave secoua la tête et le barman fit apparaître deux verres sur un plateau de laque noire peint de fleurs stylisées. Il posa les verres et Smith fouilla maladroitement dans une poche. Quand il retira son poing, des pièces de monnaie roulèrent par terre, des billets froissés tombèrent. Mais il en garda un dans la main, le lissa sur la table et toisa l'homme en gilet rouge avec l'insolence de la richesse. L'homme en gilet rouge grogna, rendit la monnaie, prit le verre vide de Smith et s'en alla dans l'escalier sonore.

Smith considéra son verre plein, l'air morose.

— Vous ne savez pas ce que c'est que de vivre si longtemps. Soixante et onze ans. On en finit avec certains trucs et on se dit « Cette fois, ça y est. » Mais ça n'y est jamais. Il y a toujours autre chose. On doit recommencer. Eh bien, je m'en vais vous dire une bonne chose. Finalement, on est trop fatigué. Fini. Fini de saigner.

— Une seule, peut-être ? dit Dave. La coquille de crabe sur les rochers. Vous pourriez la refaire ? J'aimerais bien avoir ça.

Mais Smith ne l'entendit pas. Il écoutait son passé.

— Sorti des Beaux-Arts en 25. Commencé dans l'illustration, les livres, les magazines. L'argent, ça n'aurait l'air de rien aujourd'hui, mais dans le temps il achetait davantage. Merde, je me suis même marié.

Avec un sourire de réminiscence ironique, il leva le nouveau verre. Le sourire s'effaça et il but.

— La crise a mis fin à tout ça. La dépression. J'ai peint des fresques pour la W. P. A. Toutes grattées à présent. Epousé quelqu'un d'autre. Elle avait un tas d'idées folles et tout juste assez d'argent pour nous emmener à Hollywood. Elle allait être star de cinéma, fit-il dans un rire triste de ses mauvaises dents. Elle n'a jamais obtenu un bout d'essai. Tout ce qu'elle a obtenu, c'est une espèce d'infection des reins qui l'a tuée. Et moi ? Je suis devenu directeur du service artistique d'un studio. Les gosses d'aujourd'hui, ils écrivent des livres sur le Hollywood des années 30. Dingue, ils disent. Ils n'en connaissent pas la moitié. (Il but, posa le verre, regarda encore Dave, d'un œil.) Vous regardez souvent la télévision ? Moi oui alors. Je ne mets pas toujours le son.

C'est les images que je veux. Il me faut *voir*… vous comprenez ?

Dave répondit qu'il croyait comprendre.

— J'en doute, dit Smith, mais il vous arrive de regarder la télévision. Des vieux films. Vous verrez mon nom au générique. (Il écrivit en l'air, d'une main sale et fragile.) Direction artistique, Tyree Smith. (La main retomba avec la lente incertitude d'un bout de papier dans le vent.) Et puis la guerre est venue. J'ai peint du camouflage. Des filets pour recouvrir des usines entières. En Angleterre, surtout. Des usines de guerre. Pour qu'elles ressemblent à des forêts enchantées. Des forêts enchantées pleines de mort.

Il but encore, sa pomme d'Adam monta comme une lame de couteau dans son cou décharné. Il parlait avec une ironie lasse, comme s'il avait perdu toute foi dans son art.

— Quand ça a été fini, je suis retourné au studio mais ce n'était plus ça. Plus d'amusement du tout. Ou peut-être que je ne savais plus m'amuser.

— C'est arrivé à beaucoup d'entre nous, dit Dave.

— Vous étiez plus jeune. J'avais déjà quarante ans. Je me suis dit « Tu dois faire ce que tu veux. C'est maintenant ou jamais. Tu vas peindre. »

— Bravo, dit Dave.

— Pas bravo. On ne choisit pas la peinture. La peinture vous choisit.

Le nouveau verre agissait durement. « Choisit » devint « joichi ». Et il commençait à vaciller sur son tabouret-tonneau.

— J'ignorais ce fait simple et profond. Et mon ignorance m'a tout coûté, femme, gosses, économies, maison, voiture, santé, tout, dit-il en se cramponnant au bord de la table pour se pencher vers Dave. Et pour quoi ? Des expositions dans des galeries perdues, dans des patelins comme Santa Maria, Laguna, Flagstaff. Au début. Et puis quelques toiles accrochées pour s'y faner dans des boutiques à touristes. Démarquées. Encore démarquées. Des leçons à des ménagères sans talent qui s'ennuient. Et l'alcool. Non, ça ne m'a pas aidé à comprendre ce qui n'allait pas. Ça m'a aidé à rendre inutile de comprendre ce qui n'allait pas.

Il souleva son verre et lui sourit tristement. Il but, comme un assoiffé cette fois, et quand il le reposa il n'y restait que les glaçons. Il regarda Dave en clignant des yeux et en observant les ombres plus profondes sous le plafond bas.

— Mais ça coûtait trop cher. J'ai eu des appartements, et puis des chambres, et puis des chambres chez des amis qui ne restaient pas amis longtemps. Et puis je dormais sur la plage. Et puis j'étais trop malade pour me lever. Après ça, les hôpitaux. Dehors, des fois, mais trop malade pour travailler, et puis il n'y avait qu'un seul remède à la frustration. L'alcool. Et de nouveau les hôpitaux. Les hôpitaux d'anciens combattants. Gratuits. Il n'y a rien de gratuit dans ce monde qui vaille la peine qu'on l'ait, mon ami. N'oubliez pas ça.

Smith rota. Ses yeux se fermèrent. Derrière lui, le soleil couchant projetait les ombres des mouettes sur les carreaux de la fenêtre. Dave finit son premier verre. Quand il en releva les yeux il vit que Smith l'observait. Smith regarda le second verre que Dave n'avait pas touché. Dave le poussa vers lui.

— Merci, dit Smith. Il y a eu un moment où j'ai pris peur. J'ai cessé de boire. J'ai travaillé. J'ai enseigné dans un institut d'art à Pasadena. Il y a eu un article dans un magazine national, qui, n'importe comment, fait des compliments à tous les foutus artistes dont il parle. Ça a fait vendre suffisamment de mes reproductions pour me payer une caravane, que je sois à l'abri des vents d'hiver. Un endroit pour dormir au sec. Des roues pour vagabonder. J'ai quitté l'institut et j'ai vagabondé, en peignant des tableaux assommants, sur des sujets assommants, dans un style assommant. Et je le savais et je n'y pouvais rien et j'ai acheté une caisse de vodka et j'ai failli me tuer.

Il but la moitié du verre de Dave.

— Pas de cordes ni de couteaux ni de balles. Involontairement. Inanition, déshydratation, vieillesse. (Les dents claquaient comme les os d'un squelette.) Sur la plage, à Monterey. Où Mona m'a trouvé. Elle savait qui j'étais, qui j'avais été. M'a pris chez elle, nourri, remis sur pied. M'a donné une petite chambre dans le fond de sa galerie, m'a laissé travailler pour la payer. Merde, c'était pas grand-chose. Balayer tous les jours, planter un clou de temps en temps, visser une ampoule électrique, arroser les plantes de la façade, encadrer la foutue marine d'un touriste, une fois par hasard.

« Elle disait que si je me remettais à peindre, une fois que j'aurais repris des forces, elle m'organiserait une exposition. Sa boîte marchait moyennement. Joli décor, pas le paradis, mais plus que je ne méritais. Je le savais. Je me suis secoué et j'ai essayé de retravailler. Tremblais trop. Je devais boire pour calmer les tremblements, pour pouvoir tracer un trait, tenir un pinceau. Mais j'avais maintenant une raison de travailler, rembourser Mona. Elle gardait la bouteille, elle me rationnait et peu à peu les tableaux se sont faits. Les meilleurs que j'aie jamais peints. Comprends pas. Je me suis mis à voir les choses comme je ne les avais jamais vues. Je les mettais comme ça sur la toile ou sur le papier. Tout ce qu'il me fallait, c'était du temps. Et puis ce gros flic avec son cou de taureau s'est ramené et il a tout démoli. L'amour ! (Il s'étrangla sur le mot.) Elle a bientôt quarante ans. L'amour est une escroquerie. Les adultes sont censés le savoir. Pas lui. Des cheveux gris, trop gras, père de grands enfants, je vous demande un peu. Mais là, dès la première minute, c'étaient les dîners à la chandelle et les violons tziganes, à fond. Ecœurant.

— Ben Orton, dit Dave.

— Je lève mon verre...

Smith eut du mal à le trouver et à le prendre dans sa main, mais il parvint enfin à le lever, dangereusement penché ; les glaçons se heurtèrent les uns contre les autres.

—... à la petite femme qui a tué ce salaud à la grande gueule. Avec une réserve.

Il but et reposa le verre avec une violence qui ne signifiait rien, sinon qu'il visait mal, et s'essuya la bouche d'une main molle :

— Elle a attendu trop longtemps.

— Qui ? demanda Dave.

Mais Smith n'entendait plus. Il avait abaissé son menton sur la table et glissait les mains vers le verre, comme un gosse qui essaye d'attraper une grenouille assise. Il visa le verre d'un œil. Il sourit. Les mains se refermèrent vivement, mais à côté du verre, pas autour. Il grogna, se redressa et, sans aucune difficulté, prit le verre et le vida. Et il tomba du tabouret. Ce fut une chute bruyante. Le tabouret se renversa et le verre se cassa.

— Ben quoi ? cria le barman.

— Ce n'est rien, dit Dave.

Il se pencha sur le petit vieux. Il s'était cogné la tête. Les dents avaient sauté et leurs gencives roses brillaient sur le plancher. Il ne paraissait pas plus vivant qu'elles. Dave chercha la palpitation de la vie dans la veine saillante de son cou de poulet déplumé. Il la sentit. Il souleva la vieille tête. Elle lui parut fragile comme une coquille d'œuf entre ses mains. Smith ouvrit les yeux.

— Sa femme, dit-il. Une petite blonde potelée.

— Ne vous occupez pas de ça maintenant, dit Dave. Ça va ?

— Soûl comme une vache.

Smith sourit largement, eut l'air affolé et plaqua une main sur sa bouche.

— Les dents. Où sont mes dents ?

Faiblement, il repoussa Dave, roula des yeux vers le plancher. Il saisit les dents, les essuya sur sa manche, fit une horrible grimace bouche ouverte et les remit en place. Il tenta de se relever. Dave l'aida. Smith regarda le verre cassé ; les bords propres et arrondis étincelaient dans la lumière rouge.

— C'est moche, ça, bredouilla-t-il. Gaspillage.

— Vous avez assez bu. Allons-nous-en d'ici.

Dave soutint Smith dans l'escalier. Ce n'était pas difficile, il était si léger, des os comme des brindilles, pratiquement pas de chair dessus. Et il ne se débattait pas, il ne refusait pas le secours. Il se laissait faire. L'escalier en colimaçon était étroit, tous deux se cognaient contre la rampe et leurs jambes s'emmêlaient mais Smith continuait à parler.

— Elle a un petit revolver. Hou, qu'elle était furieuse !

— Quel revolver ?

Le barman posa un pied sur les marches et leva les bras pour les aider.

— Qui c'est qui a un revolver ?

— Pas ici, personne, lui dit Dave. Tout va bien. Je le tiens.

Ils arrivèrent en bas. Smith se dégagea et fouilla dans ses poches en marmonnant.

— Pourboire au type.

— Tout ce que je veux de vous, dit le barman, c'est que vous foutiez le camp. Allez tomber du quai.

Il agita une manche bouffante vers les fenêtres par lesquelles on voyait les clients du coucher de soleil, aux tables éclairées par des bougies.

— Où habite-t-il ? demanda Dave. Vous le savez ?

— Qu'est-ce que vous êtes ? grogna le barman. Un boy-scout ?

— C'est une petite ville. Où que ce soit, ça ne peut pas faire un grand détour.

Le barman retourna à ses bouteilles.

— Vous prenez la route qui part de l'école. Vous trouverez un grand bois d'eucalyptus. De l'autre côté, il a une caravane. Un chancre dans le paysage. Devrait y avoir des lois pour ça.

Marmonnant toujours, Smith tomba en direction du bar en agitant un billet de vingt dollars. Dave le rattrapa, le fit pivoter, le braqua vers la porte, lui prit le billet de la main et le lui refourra dans la poche. Dehors, les dîneurs levèrent les yeux et les rabaissèrent aussitôt, gênés. Sauf deux. Ils regardaient fixement. La première de ces personnes était Mona Windrow, en châle tricoté blanc, et l'autre Al Franklin, en costume patchwork, la barbe taillée, les cheveux longs et brossés, les ongles dépourvus de toute huile minérale. Mona Windrow repoussa sa chaise, fit mine de se lever, de la détresse dans les yeux, de la pitié. Franklin la retint. Puis ils reconnurent tous deux Dave. Il les salua de la tête. Mona Windrow ne répondit pas. Elle regardait Franklin d'un air de reproche. Mais Franklin rendit le salut. Comme Dave guidait devant eux Smith qui n'y voyait rien, Franklin parla :

— Soir.

Ça ne voulait pas dire grand-chose mais ça ne voulait pas dire tout à fait rien.

Dans la voiture de location, avachi dans le siège baquet, tandis que la ceinture de sécurité soulevait et froissait la veste de toile, que sa tête ballottait contre la vitre levée, Smith ne pouvait toujours pas s'arrêter de parler.

— Elle s'est mise dans un état, les mains qui tremblaient, la voix qui glapissait. Lui a dit qu'elle le tuerait s'il n'arrêtait pas de voir Mona.

Smith grogna aigrement, ouvrit des yeux chassieux, tourna la tête et cligna des yeux en regardant les papillotements de la lumière rouge trop vive entre les arbres.

— Gaspillé sa chance avec des mots. Elle aurait dû presser cette détente. Il la connaissait mieux qu'elle se connaissait elle-même, il s'est approché, il lui a pris le revolver, il lui a dit qu'il ferait ce qu'il lui plairait et si ça ne lui plaisait pas elle n'avait qu'à le quitter... Il savait bien qu'elle ne le ferait jamais !

Le barman avait raison. La caravane était un chancre dans le paysage. De l'aluminium cabossé, éclaboussé de boue séchée, un carré de carton maculé de pluie à la place d'une des vitres. Elle était juchée sur un bout de promontoire broussailleux au-dessus de rochers noirs déchiquetés dont la marée s'éloignait. Trois camping-cars d'allure respectable gardaient leurs distances, abrités sous les arbres. Il y avait une cabine téléphonique solitaire. Partant de poteaux de bois auxquels on avait collé des compteurs en fer blanc, des câbles en guirlandes molles alimentaient les campeurs et la caravane en électricité. Smith s'était endormi. Dave ouvrit la portière, défit la ceinture de sécurité et le mit debout.

L'intérieur de la caravane était un chaos de dessins froissés, de cartons de pizza, de papiers d'emballage. Dave allongea Smith sur une couchette couverte de vêtements sales et de couvertures encore plus sales. Des reproductions de pommes de Cézanne et d'insectes d'Hokusai étaient punaisées au-dessus, fanées, éclaboussées de chiures de mouches. Smith se mit à ronfler. En se retournant, Dave se cogna contre un poste de télévision portatif. Comme il allait refermer la porte de la caravane, il vit Smith se redresser pour allumer le poste. De la couleur se refléta sur le costume blanc jauni et souillé avant qu'il s'écroule encore sur la couchette. Pas un son ne montait de la télé. Smith fournissait le son.

— Du moment que sa femme le savait, Orton voulait que sa maîtresse habite quelque part où il aurait pas à rouler la moitié de la nuit pour la voir. Il a payé le déménagement, il a loué la galerie de la terrasse. Rien de trop beau pour Mona. Et ce... son prétendu frère.

Smith rigola. Grassement.

— Son frère ! Je vidais les corbeilles à papier. J'ai vu des lettres qu'il lui écrivait. Elles étaient pas d'un frère. Les trucs les plus brûlants que vous ayez jamais lus. Ça valait la peine d'être conservé.

— Franklin ? demanda Dave.

Il n'obtint pas de réponse. Il entendit un tintement qu'il ne comprit pas. Et puis Smith se remit à ronfler. Fortement et régulièrement. Dave monta et le secoua. Il ne se réveilla pas. Dans un verre d'eau verte, par terre, les dents riaient. Dave sortit et ferma la porte.

XII

Sandbar Road entraîna Dave dans des marais. Un pont de bois claqua de toutes ses planches sous les roues de la petite voiture coriace. Il enjambait un petit bras de mer bordé et parsemé d'îles de roseaux. L'eau s'étendait, calme et laquée de rouge par les derniers rayons du soleil. Au loin, une barque avait l'air de s'ennuyer. Au bout du pont, un écriteau annonçait : PARC NATIONAL DE LA CALETA RÉSERVE D'OISEAUX SAUVAGES. La chaussée tournait et serpentait entre de vieux chênes verts moussus. Des maisons s'y groupaient, une demi-douzaine, en stuc, à toits bas, hérissées d'antennes de télévision, de petites voitures économiques dans les allées. Il se gara devant la boîte aux lettres numéro 310.

Le sable était doux et fin sous ses souliers quand il traversa un jardin où une espèce de plante grasse et rampante essayait de fleurir avant d'être ensevelie. Il y avait deux voitures dans l'allée et une autre dans le garage dont la porte était levée. Il appuya sur le bouton de sonnette voisin d'une porte sur laquelle on avait fixé la sculpture d'un oiseau en bois. C'était du travail maladroit mais il devina qu'on avait voulu représenter un aigle marin. C'était peut-être un poisson qu'il tenait dans ses serres. On y voyait mal. Il attendit sur un paillasson de roseaux tressés imprimé de fleurs mais personne ne vint lui ouvrir.

Il contourna la maison. Par-derrière, de longues et larges bandes de mousseline étaient étendues sur des cordes à linge soutenues par des poteaux de fer. L'étoffe avait un aspect raide et les motifs étaient incomplets. Il en tâta un coin. Quelqu'un s'essayait au batik. Le sable de la cour descendait vers une solide jetée de bois qui s'avançait hors des roseaux. Il s'y engagea. Les planches étaient maculées d'huile. Les cannes à pêche qui y étaient posées paraissaient solides et bien utilisées. Il y avait un bidon d'essence rouge marqué au pochoir POLICE DE LA CALETA. De l'autre côté du bras de mer, un vol de canards décrivait un grand cercle d'ailes battantes et se posait dans des gerbes d'éclaboussures. Le bruit de leurs cris perçait désagréablement le silence. Une voix humaine se fit entendre faiblement, une voix féminine.

— Ohé !

Quelqu'un agita un bras, dans la barque, et elle vint vers lui ; les avirons laissèrent pleuvoir des gouttelettes rouge et argent. Il attendit.

Les deux appareils photo accrochés à son cou par des courroies faisaient un drôle d'effet parce qu'elle portait une antique robe blanche avec des ruchés et des volants, des franges et de la dentelle. La robe était longue et son ourlet trempé par l'eau qui clapotait dans le fond de la barque. Elle était pieds nus. Dave s'accroupit et attrapa l'amarre qu'elle lui lança pour l'enrouler autour d'un tasseau. Il l'aida à monter sur la jetée. Elle semblait ne rien avoir sous sa robe. Ses cheveux blond pâle étaient négligemment et partiellement relevés, de longues mèches pendaient dans son cou. Elle n'était pas maquillée. Il reconnut, mais tout juste, la jeune femme qui avait touché la main de Jerry Orton dans le film de l'enterrement. Dans le film, elle était soigneusement coiffée et fardée et on aurait pu la prendre pour une étudiante. Ici, elle devait avoir des années de plus que son mari.

— Vous me cherchiez ? dit-elle. Je suis Frances Orton.

— Je cherchais Jerry Orton, répondit Dave. Où est-il ?

Elle fit un geste vers l'océan.

— En mer. Il pêche avec des cormorans. Dans la vedette. On met un collier aux oiseaux, vous savez, pour les empêcher d'avaler. On fait brûler des torches pour attirer le poisson. C'est romanesque.

— Et illégal, dit Dave.

Elle haussa les épaules.

— Il faut bien que jeunesse se passe.

Elle remonta sur le sable, grande pour une femme et un peu spectrale dans le crépuscule et la robe 1905. La marche difficile alourdissait ses hanches.

— Que lui vouliez-vous ? Je peux peut-être vous aider, dit-elle en s'arrêtant pour palper la mousseline étendue. Vous connaissez quelque chose au batik ? Ça se fait avec de la cire et des teintures, un genre de pochoir. Mais ça ne fait pas du tout le même effet que sur le livre.

— Attendez que ce soit fini, conseilla Dave. Il a la radio dans sa vedette ? C'est important.

— Dans la vedette mais pas ici. C'est la vedette de la police. De quoi s'agit-il ?

Elle poussa une porte bleue où étaient peintes des mouettes.

— La mort de son père. Je suis envoyé par la compagnie d'assurances, dit Dave, et il lui donna sa carte. Quand doit-il revenir ?

— Oh, pas avant des heures. Il ne prend son service qu'à minuit. (Sur le seuil obscur, elle pencha la tête.) Je peux prendre un message ? J'ai l'air folle mais je ne le suis pas. J'étais professeur d'université. C'est comme ça que j'ai fait la connaissance de Jerry. Un cours accéléré d'espagnol pour officiers de police et des services du shérif. Je m'en défends mais tout au fond je suis une personne très responsable.

— C'est compliqué, dit Dave.

Elle rit et entra dans la maison. Ombre pâle, elle ôta les appareils photo et les posa hors du champ de vision de Dave.

— Alors expliquez-moi. Entrez donc. Si vous croyez que c'est trop complexe pour mon esprit vagabond, je le noterai par écrit.

— Vous connaissez bien sa sœur ?

Il entra dans une pièce qui occupait toute la largeur de la maison. Le tapis était grand, informe et noué à la main : encore des mouettes mais cette fois avec des nuages et des vagues. Un métier à tisser, un tour de potier, une table à dessin prenaient presque toute la place, en compagnie d'un billot de boucher jonché d'objectifs, de trépieds, de posemètres, de boîtes jaunes de pellicules, de papier sensible, d'écheveaux de laine de couleurs vives, de raphia, de pinceaux, de brosses et de pots de peinture. Mais dans un coin, un canapé et un grand fauteuil de chez Sears Roebuck faisaient face à un téléviseur qui servait de socle à une sculpture en terre cuite d'un dauphin bondissant, plutôt informe. Des tentures de macramé pendaient de travers le long des murs. Ainsi que l'agrandissement flou d'une photo d'une chose qui pouvait être une baleine grise ou la coque retournée d'un bateau, couverte de bernicles.

— Jusqu'à quel point est-elle gauchiste ?

— Oh, ce n'était qu'une comédie pour faire enrager son père.

Frances Orton contourna un élément encombré de plantes vertes mourantes et passa dans une cuisine obscure ; des oiseaux de mer étaient peints sur les portes de placards. Elle se pencha hors de vue et fit des bruits de vaisselle.

— Je n'ai jamais vu de fille qui cherche aussi désespérément l'amour d'un homme. Naturellement, il donnait tout à Jerry.

— Comment Jerry a-t-il pris ça ? demanda Dave.

— Comme son dû, dit-elle. (Sa voix éveilla des échos creux au fond de quelque armoire basse.) De même que les heureux de ce monde prennent tout. A moins que vous ne parliez de la mort de son père ? C'est pour ça que vous êtes ici. Il l'a très mal prise. Les dieux sont censés être immortels.

— Ce soir il est en mer pour s'amuser.

— Avec des amis qui ressemblent absolument à son père. Des hommes faits par son père, à son image de père.

Elle sortit de la cuisine avec une bonbonne de vin de deux litres et deux chopes en céramique bancroches. Elle en donna une à Dave, en faisant une grimace.

— Berk. De ma période de poterie. Vous voyez pourquoi j'ai renoncé.

Elle versa du vin dans les chopes et posa la bonbonne sur le billot encombré.

— Il y a eu d'autres périodes, n'est-ce pas ? dit-il. Tissage, tapis, sculpture sur bois ?

— Arrêtez. Vous ne pourriez jamais les citer toutes.

— Qu'en pensait votre beau-père ?

— Et de mes drôles de vêtements ?

Elle s'éloigna, en traînant le bas trempé et plein de sable de la vieille robe vers le canapé où elle se laissa choir et replia ses jambes sous elle.

— Il m'a ordonné de montrer un peu de tenue, je n'en ai pas tenu compte et il a essayé de démolir notre mariage. Vous comprenez, quand nous nous sommes rencontrés, Jerry et moi, je réagissais encore contre mon éducation. J'étais la fille la plus conventionnelle du monde. Venez donc vous asseoir, ajouta-t-elle en regardant Dave par-dessus son épaule.

Il prit le fauteuil et posa sa chope sur la bordure de carreaux de plastique que le tapis aux mouettes ne recouvrait pas. Il ne voulait pas de vin.

— Quel genre d'éducation ?

— Des poètes fous et des musiciens encore plus fous, des bougies de couleur fichées dans des fiasques de chianti, des soupers dans des boîtes en carton de la pizzeria du coin, des ivrognes et des bagarres, des répétitions jusqu'à l'aube, des inconnus qui dormaient dans la baignoire, des lits défaits et des factures impayées, des fuites à minuit sur des autoroutes, dans des voitures de cent dollars. (Elle sourit d'un petit sourire en coin.) Pas de questions ?

— Alors vous êtes devenue professeur et vous avez épousé un flic.

— Mais après avoir passé deux ans avec Louise Orton et une douzaine d'autres femmes de policiers et leurs enfants... On ne voit jamais son mari. (Elle leva sa chope vers lui, ironiquement, but une gorgée, et son regard fit le tour de la pièce.) La façon dont j'avais été élevée a commencé à me manquer. Je me suis mise à peindre, à fabriquer des abat-jour, à me déguiser avec des nippes de marché aux puces. Ben Orton a ordonné à Jerry de divorcer. Sa femme et ses amies m'ont snobée. Elles ne m'ont pas manqué. Et encore moins le gros petit Hitler du pauvre, Ben. Je n'ai besoin que de Jerry. Je comptais sur lui pour que ça lui soit égal et ça l'était, ça l'est. J'ai un conseil pour les filles qui cherchent un mari. Avec un policier, ce qu'on voit, c'est ce qu'on obtient.

— Y compris l'indifférence aux lois qui ne lui conviennent pas, dit Dave. Les petites choses, comme la pêche au cormoran, ou lacérer les pneus d'un étranger qu'on trouve indésirable. Ou de plus importantes, comme l'incendie du journal de gauche local.

Elle s'éclaircit la gorge et récita :

— Les tribunaux ne comprennent pas le problème. Les législateurs ne comprennent pas le problème. L'officier de police doit affronter le problème, face à face, jour après jour. C'est souvent une question de vie ou de mort, une décision éclair. Juger ce qu'il doit faire, ça ne peut attendre que des lois soient rédigées et votées et qu'une série de tribunaux se décident. Il doit se protéger et protéger le public qui compte sur lui. Que ça lui plaise ou non. (Ses lèvres frémirent.) Fin du credo.

Dave rit :

— Je vois que votre foi est profonde.

— La sienne l'est, dit-elle sombrement, comme celle de son père avant lui. (Elle soupira, secoua la tête.) La mienne n'a pas d'importance. Qu'est-ce que vous voulez que je dise à Jerry ? Qu'est-ce qu'Anita a encore fait ?

— Pourquoi n'était-elle pas à l'enterrement ?

— Quoi ? Mais... parce qu'elle avait la grippe. C'est ce que Louise a dit. Elle était couchée, malade. A l'université. Sangre de Cristo... Non ? Et puis d'abord... quel rapport avec la mort de son père ?

— Elle était couchée, mais pas malade ni à l'université. Avec un garçon nommé Lester Green dans la maison de Mme Green sa mère, en haut du canyon, de l'autre côté de la route.

Elle fronça les sourcils :

— Qu'est-ce que vous racontez ?

— Je vous ai avertie que ce serait compliqué. Vous ne savez pas qui est Lester Green ?

— Non. Attendez...

Elle parut songeuse et but encore du vin.

— Un jeune Noir, c'est ça ? A moto ? Arrêté pour une histoire de drogue ?

— A la suite d'une de ces décisions éclair dont vous parliez, dit Dave. Quand le père d'Anita a appris que Lester et elle avaient pris une licence de mariage.

Elle posa brusquement ses pieds par terre :

— Vous voulez rire.

— Vous ne le pensez pas vraiment. Vous êtes une jeune parente. Elle a dû vous le dire. Son père la traitait mal, non ? Non seulement en faisant faussement accuser et emprisonner son petit ami, mais en la déshéritant, en rayant son nom de son assurance-vie. Je ne sais quoi encore.

— C'est tout. Même pas autant. Ce que je sais, je l'ai appris par Jerry. Et il n'a jamais été question de petit ami, dit Frances Orton. (Elle vida sa chope et reprit la bonbonne, se resservit, regarda Dave les sourcils haussés et, quand il secoua la tête, elle la reboucha.) Simplement que Ben était encore furieux contre Anita et n'allait pas lui acheter la voiture qu'il avait promise. Elle m'évitait. (Frances Orton rit brièvement et sans amusement.) Elle pensait que j'avais trahi ma classe. Si seulement elle avait su que mon père se rongeait à mort en enviant les poètes qui réussissaient alors qu'il échouait dans les arrière-boutiques de librairies minables, avec des boîtes de bière et des sacs de couchage par terre, tout le monde étant trop défoncé pour écouter ce qu'il lisait. Ce qu'il voulait réellement, c'était écrire un best-seller un peu porno et faire l'amour toute la journée avec des starlettes au bord d'une piscine de Bel-Air. On le félicitait toujours pour son intégrité. Il l'aurait vendue en une minute, mais personne n'était preneur. (Elle avait regardé le bras de mer par la fenêtre ; elle se retourna vers lui.) Pardon. Non. Je ne savais pas. Jerry ne savait pas non plus, j'en suis sûre. Son père lui cachait toujours des choses. Je trouvais ça bizarre d'un homme totalement dépourvu de sensibilité.

Elle revint s'asseoir sur le canapé, replia encore ses jambes sous elle.

— Il lui cachait des choses telles que ? demanda Dave.

— Ses femmes.

— Il ne protégeait pas Jerry mais sa propre image, le mythe de Ben Orton, champion de la loi et de l'ordre, de la famille, du drapeau, comme sa femme me l'a dit ce matin, de tout ce qui fait la grandeur de l'Amérique. Ce qui n'englobait pas les films pour adultes, les officiers de police homosexuels et plus particulièrement un journal d'opposition diffusé sous le manteau.

— Vous en revenez tout le temps à ça, dit-elle. Il a brûlé, c'est tout ce que je sais.

— Et tout ce que savait aussi Jerry, je parie. Laissez-moi vous dire pourquoi.

Cela prit du temps. Il conclut par :

— Et ça n'a pas fait un pli, cet après-midi Louise Orton est montée en voiture chez Ophelia Green pour l'avertir que j'étais en ville et que je posais des questions à propos d'Anita. Mme Green ignorait que je le savais. Elle s'entêtait à mentir. Mais ces gosses sont bien restés chez elle, tout le temps. Ils y sont en ce moment. Les oreilles d'Anita devaient lui tinter derrière la porte quand elle a entendu ce que Mme Green disait d'elle... Mais son père lui a bien fait cadeau de cette voiture, ajouta-t-il en fronçant les sourcils. Une Gremlin.

— Tout dernièrement. Pour rester à l'université et ne pas faire de vagues.

— Je ne crois pas. Dites à Jerry de le lui demander quand il la verra ce soir. C'était un gage pour l'éloigner de Lester Green quand il est sorti de prison. Elle a dû promettre. Mais pourquoi l'aurait-il crue ?

— Elle est femme, dit Frances Orton. Et il l'adorait. Qu'est-ce qu'elle a d'important, la voiture ?

— Elle est cachée dans un ravin. En face de la maison. Sous des ronces et des lianes.

Elle secoua la tête.

— Non. Ça n'a pas de sens. Pourquoi cacher la voiture ? Pourquoi se cacher eux-mêmes ? Un homme est en prison pour le crime. L'affaire est claire. Ils ne doivent quand même pas aimer rester enfermés dans une petite maison minable. A cause d'une stupide farce d'adolescents qui a mal tourné ? Et pour combien de temps, je vous demande un peu ? Pour toujours ?

— Elle a mal tourné, dit Dave, mais pas comme vous l'entendez.

Elle ouvrit de grands yeux :

— Oh non ! Oh non, sûrement pas.

— C'est pourquoi je suis ici.

Dave se leva. Le miroitement du coucher de soleil sur l'eau lui fit mal aux yeux. Il avait mal partout. Il essaya de compter les heures, depuis qu'il avait dormi. Son esprit refusa de calculer.

— Dites-le-lui dès qu'il reviendra, s'il vous plaît.

Dave sortit sur le sable. Elle lui cria :

— Où peut-il vous joindre ?

— Il le sait.

Elle s'avança sur le seuil.

— Et s'ils se sont enfuis ? Si vous leur avez fait peur ?

— Cette voiture ne démarrera pas, dit Dave.

XIII

Quand il rentra, il ne restait même pas un trait de lumière à l'horizon. Il laissa la voiture de location dans une petite rue. En traînant les pieds vers la lueur au-dessus des toits de bois du bord de mer, il passa la camionnette Ford qui l'avait tracassé sur la hauteur derrière chez Nowell, puis dans la route poussiéreuse près de chez Ophelia Green. Il se pencha pour regarder à l'intérieur. Il n'y avait rien sur les sièges. A l'arrière, tout était dans l'ombre. Il se redressa. Ça n'avait plus d'importance. C'était fini. Certainement fini pour Lester Green. Il aurait aimé en être heureux mais il ne le pouvait. Frances Orton avait raison, quelque chose ne collait pas. Il haussa les épaules. Que Jerry Orton démêle tout ça. Ce n'était plus l'affaire de Dave Brandstetter.

Les flammes des bougies vacillaient toujours dans les verres de couleur, aux tables de la terrasse d'El Pescador. Le vent était doux, léger, frais. Au-delà de la balustrade blanche du quai, les mâts des bateaux amarrés se penchaient; ils luisaient contre le noir de la baie. Dressés vers quoi? Il cligna des yeux et distingua quelques étoiles. Elles ne le regardaient pas non plus.

Il aurait préféré que toutes les tables soient vides. Mais à la plus éloignée, autour d'une nappe blanche tachée de vin rouge, des étudiants à l'air pâle riaient fort, mais pas longtemps et pas ensemble. Ils fêtaient quoi ? Leur première faute d'adultes ? Et à la table la plus rapprochée, là où il les avait laissés, Mona Windrow et Al Franklin réchauffaient dans leur main des ballons de cognac.

Ils avaient aussi des tasses de café et Franklin fumait un mince cigare. Il était renversé contre son dossier et il écoutait gravement Mona. Elle lisait tout haut une liste dactylographiée étalée sur la nappe à la place de son assiette. Dave l'entendit murmurer « musée », « conservateur » et « Arkansas ». Pour entrer, il devait passer devant eux. Il espéra qu'ils seraient trop absorbés pour le remarquer. Franklin leva ses yeux curieusement bleus, fit un petit signe de tête sec mais reporta immédiatement son attention sur la femme. Il ne tenait pas plus que Dave à une rencontre. Puis elle releva la tête. Et retint une exclamation. Un sac à tricot en patchwork glissa de ses genoux et se vida. Des enveloppes. Des chèques officiels.

— Ah, attendez, s'il vous plaît.

Elle courut derrière lui.

— Il va bien, dit Dave. A l'abri dans sa caravane.

— Je vous dois une explication, dit-elle, après ce midi. Voyez-vous, quand je l'ai découvert, il était malade, seul…

— Le moment vient, dit Franklin, où on doit limiter les pertes, Mona. Le monsieur le sait bien.

— Est-il… ? A-t-il… ?

— Elle veut dire, expliqua Franklin, est-ce qu'il a trop parlé ?

— Il a eu une sacrée vie, fit Dave.

— J'ai peur qu'il m'en veuille, murmura-t-elle, mais…

— Il vous est reconnaissant, assura Dave.

Elle l'examina, méfiante, cherchant l'ironie.

— Qu'est-ce qu'il vous a dit ? demanda Franklin. Un verre, monsieur… ?

— Brandstetter. Non, merci. Je ferais mieux d'aller dîner si la cuisine est encore ouverte.

Il entra. La cuisine était fermée. En glissant dans la main d'un maître d'hôtel stylé et maussade un billet de vingt dollars, il fit rouvrir la cuisine. Il eut droit aussi à un sourire, à une table et à une salle pleine de silence. Dans un coin, un projecteur brillait sur un micro, un haut tabouret noir et une boîte à guitare fermée. Un garçon en veste rouge allait de table en table, se penchait, soufflait les bougies. Jetant un coup d'œil à Dave, le maître d'hôtel le renvoya. Dave mangea sa salade à l'huile d'olive et au vinaigre d'estragon, une épaisse tranche d'espadon grillé avec du beurre au citron. Il but la moitié d'une bouteille de chablis frappé et quand il s'en fut il emporta la bouteille.

Pour lui, ça signifiait qu'il était ivre. S'il était ivre, c'était qu'il était très fatigué. Ses genoux lui apprirent la même chose quand il monta sur le balcon du motel. Puis il poussa la porte à la serrure cassée, se sentit bien éveillé et dégrisé. Parce qu'il voyait son reflet dans l'écran de la télévision et qu'il avait laissé le poste couché sur le dos. Peu de lumière montait des globes de verre non dépoli perchés sur les lampadaires du quai, mais elle lui permettait de constater que les tiroirs de la commode avaient été remis en place. Il n'avait rien dit au bureau du motel. S'ils l'avaient découvert eux-mêmes ils auraient réparé la serrure. Et la lumière. Il glissa une main à l'intérieur et abaissa l'interrupteur. Rien.

Il ne se sentait pas courageux. Plutôt irrité. Il modifia sa prise sur la bouteille et fit un pas dans la chambre. Le lit grinça et il vit le blanc de deux yeux, un scintillement de dents, une silhouette qui venait vers lui. *Lester Green*, pensa-t-il. *J'aurais pu dormir dans la voiture*, se dit-il. Et il balança la bouteille. Visant la tête. Mais le poids de la bouteille le surprit. Elle ne monta pas si haut. Et elle était glissante aussi. Elle effleura une épaule, rebondit et lui échappa. Quelque part dans le noir elle frappa un mur et roula par terre. Un petit cri aigu retentit. Une forme noire se tordit et gémit à ses pieds. Il courut à la salle de bains pour allumer. La lumière se répandit dans la chambre.

Par terre, à côté de lui, Cecil Harris le regardait. Le maigre étudiant noir de KSDC-TV. Il avait les yeux ronds. Il se massait l'épaule.

— Merde, mec, fit-il d'un ton de reproche. Pourquoi vous avez fait ça ?

— Je n'en sais vraiment rien, répondit Dave. Ce n'est pas mon habitude.

— Je croyais que vous seriez content de me voir, dit Cecil en se relevant, en grimaçant, en agitant le bras pour voir s'il fonctionnait.

— Sans doute. Sinon vous seriez habillé.

Cecil se regarda, leva les yeux, sourit timidement.

— Nous avons échangé les signaux, pas vrai ? Ce matin. Je savais et vous saviez et vous saviez que je savais… non ?

— Ça arrive, dit Dave. Je suis quand même surpris.

— C'était ce que je voulais, dit Cecil. Une gentille surprise.

Il jeta un coup d'œil au lit. Le dessus bleu-blanc-rouge gardait la longue empreinte de son corps.

— J'ai trouvé la porte ouverte et l'idée m'est venue d'attendre. J'avais le pain, dit-il en passant devant Dave pour aller ramasser la bouteille. Maintenant j'ai le vin… Et toi.

Il se frotta l'épaule.

— Ça fait très mal ? demanda Dave.

— Je vais rester noir et bleu toute ma vie, dit Cecil. Dites donc, question ordre, vous n'êtes pas champion. J'ai eu un sacré ménage à faire.

— Les gens s'entêtent à se servir de ma chambre.

— Les mêmes qui ont lacéré vos pneus ?

Cecil alla dans la salle de bains et revint avec deux verres en plastique. Il les posa sur la commode, déboucha la bouteille, versa le vin pâle. Il tira de son sac le pain et le rompit. Il en offrit un quignon à Dave, lui tendit un verre, le regarda avec douleur et intensité.

— Mec, ce que je veux, ce n'est pas partager le pain et le vin.

— C'est une façon d'éviter les ennuis, dit Dave. Vous avez vu qui a crevé mes pneus ?

— Je les ai même pris en photo. Un film.

— Perdez-le, conseilla Dave. Vous savez ce qui arrive aux jeunes Noirs qui gênent la police de La Caleta.

— Aux Hongrois aussi, à ce qu'on dirait, dit Cecil en levant le verre de plastique. Buvons aux ennuis que vous avez mentionnés.

Il but et parut surpris.

— Hé ! c'est du bon vin, ça.

Il mordit dans le pain et cracha aussitôt.

— Bon Dieu, qu'est-ce que c'est que ça ? grogna-t-il en regardant le morceau au creux de sa main. (Il prit le quignon de Dave.) Mangez pas ça. Ça vous tuera, c'est sûr.

Il retourna dans la salle de bains. La chasse d'eau gargouilla. Dave s'approcha de la porte. Cecil était penché sur le lavabo et se rinçait bruyamment la bouche. Dans l'éclat blanc du carrelage, des murs, de la glace, tous les détails de son anatomie ressortaient. Nu, il ne paraissait pas si maigre. Sa figure, aux endroits où elle était rasée, était rugueuse. Le reste très lisse. Il chercha à tâtons une serviette, se frotta les joues, surprit le regard de Dave et sourit de toutes ses dents. On n'avait pas encore domestiqué son sourire pour la caméra. Les gencives se voyaient.

— Vous m'avez suivi, dit Dave.

— Et je ne suis même pas maso.

Cecil raccrocha la serviette, éteignit et tendit les bras vers Dave.

— On se plonge dans les ennuis, d'accord ?

Dave se détourna.

— Je suis trop vieux pour toi. Je suis ivre. Il y a au moins quarante heures que je n'ai pas dormi. Et j'ai un coup de fil à donner.

— Il est tard. Ils seront endormis.

Dave porta le téléphone près de la porte ouverte, où la lumière des lampadaires lui permit de distinguer les chiffres du cadran. Il coinça le combiné contre son épaule et forma le numéro. Dans la chambre obscure, le dessus de lit se gonfla comme une voile dans la nuit et retomba. Le lit grinça.

— Tu sais où me trouver, vieux, dit Cecil.

Le médecin répondit :

— Nous faisons de notre mieux.

— On vous a fait venir, hein ? dit Dave. Cet après-midi, on m'a dit qu'il allait mieux.

— Il pourrait encore se remettre, dit le médecin.

— Mais vous ne le pensez pas.

— J'ai hâte que ce soit le matin.

— Ils ne meurent pas dans la matinée ?

— Généralement pas. Pas aussi souvent.

— Il suffit d'une fois, dit Dave, et il raccrocha.

Il s'appuya contre la porte, écouta l'eau clapoter autour des bateaux, regarda les mâts se balancer. La baie était d'un noir vitreux. Des lumières solitaires parsemaient le croissant de la côte. Derrière elles s'élevaient les collines noires. Il y avait davantage d'étoiles, à présent. Il rapporta le téléphone à la table de chevet et quand il le posa la sonnerie tinta tout bas. Il s'assit sur le lit et ôta ses espadrilles.

— Comment va ton père ? demanda-t-il.

— Comment va tout le monde à Detroit ?

La voix était étouffée. Dave tira sa tunique de jean par la tête.

— Il ne te manque pas ?

— Je ne me souviens même pas de lui, mec.

Le lit grinça. Des mains chaudes se posèrent sur les épaules de Dave. Une haleine chaude sur sa nuque. Un baiser.

— Pourquoi est-ce que quelqu'un me manquerait ? Ici. Maintenant.

Dave soupira.

— Une minute.

Il souleva ses fesses et baissa le pantalon. Il s'en débarrassa d'un coup de pied et prit la figure de Cecil entre ses mains. Il n'en voyait que les yeux. Mais sa bouche trouva la bouche qu'il ne voyait pas et l'embrassa.

— Tu as une longue vie devant toi, dit-il. J'espère que pendant cette longue vie tu n'auras jamais l'occasion d'être aussi fatigué que je le suis en ce moment. La déclaration que je vais te faire m'attriste. J'espère qu'elle t'attristera aussi, mais je ne devrais pas et elle ne le devrait pas. Mais dès que ma tête aura touché cet oreiller, je ne pourrai absolument rien faire que dormir.

Cecil rit tout bas, grassement.

— Nous verrons.

Le lit bascula. La chaleur quitta le flanc de Dave. Il gémit et ouvrit les yeux. Des couleurs ondulaient dans la nuit de la chambre. Un papillottement électronique. Il se souleva sur un coude et ses muscles douloureux protestèrent. Cecil était accroupi devant la télévision. Sur l'écran, des dinosaures de dessin animé fondaient dans un bassin de pétrole brut. Des automobiles en caoutchouc de couleur vive passaient. Un dinosaure sortait sa tête d'un réservoir d'essence. Cecil revint vers le lit.

— Ils imaginent des drôles de moyens pour nous dire que nous sommes tous condamnés, dit-il en se laissant tomber à côté de Dave, en l'attirant contre lui, un bras en travers de son torse.

— J'ai lu quelque chose, dit Dave, sur le besoin qu'ont les jeunes d'aujourd'hui de stimulation visuelle constante, mais ça c'est…

La main de Cecil sur sa bouche le fit taire.

— Attends. La seconde partie de ma surprise arrive.

Dave prit la main, l'embrassa, la plaça plus bas, là où il voulait. Il se tourna sur le flanc, ferma les yeux et se moula contre le corps de Cecil.

— J'ai bien aimé la première partie, marmonna-t-il et il se rendormit.

Pas pour longtemps. Cecil le secoua par l'épaule.

— Réveille-toi. Ça va commencer. Tes débuts à la télé. Tu n'imagines pas ce que tu es beau.

Daisy Flynn prononça son nom. Il se redressa et cligna des yeux sur l'image phosphorescente. Un homme mince et blond en jean bleu marchait à côté d'Hector Rodriguez, dans l'ombre trouée de soleil de la pépinière. La voix de Daisy Flynn disait :

— ... associé de Cliff Kerlee, qui attend d'être jugé pour le meurtre du chef de la police de La Caleta, Benjamin J. Orton.

Hector Rodriguez était seul en plein soleil et frottait son torse lisse et bronzé.

— Je lui ai répété ce que j'avais dit à la police, disait-il. Ce n'est pas Cliff qui a fait ça. Il était ici avec moi quand c'est arrivé.

La caméra avait secoué les nerfs de Rodriguez. Le mince homme blond en jean buvait de la bière sur la terrasse de Richard T. Nowell. L'image avait des bords flous et elle tressautait. Dave regarda Cecil qui haussa les épaules.

— La terre est molle sur cette pente. Mes pieds glissaient tout le temps. Je l'ai appuyée sur un rocher. Ça, c'est pris au téléobjectif. En réalité, je la tenais plus fermement que ça.

— Le bourdonnement aigu, dit Dave.

— J'ai cru que tu m'avais surpris dans cette cabane en face de chez Mme Green, dit Cecil. J'ai failli me pisser dessus.

— La camionnette Ford.

Dave la regardait sans la voir, regardait le petit

sourire pincé de Dick Nowell et n'entendait pas un mot de ce qu'il disait. Il posa ses pieds sur le tapis.

— Bougre de petit sournois, dit-il.

— Allons ! protesta Cecil. Tu m'as dit que c'était mon scoop.

— Non, c'est toi qui l'as dit. J'aurais dû écouter.

Il se leva. Trop vite. Le mouvement brusque lui fit mal à la tête.

— Il y a des comprimés dans ma trousse de toilette. Va me les chercher, s'il te plaît.

En grimaçant, il se baissa pour éteindre le poste, mais se ravisa. Il se redressa avec précaution et Cecil lui mit un verre humide dans la main.

— Combien ? demanda-t-il et quand Dave leva deux doigts il lui en mit deux au creux de la main. De l'antihistamine. Comment ça se fait ?

— C'est une migraine causée par le vin. (Dave prit les comprimés et les avala avec l'eau du verre.) Le vin est riche en histamines. C'est pour ça qu'il fait mal à la tête. Les migraines les plus faciles du monde à calmer. Toi, d'un autre côté…

— Tout est vrai, dit Cecil.

— Ce serait tout aussi vrai si tu ne l'avais pas filmé.

Dave se tenait sous les branches tombantes du vieux poivrier, sur le seuil de la maison d'Ophelia Green, une main appuyée contre la porte ; il parlait à un vieux grillage noir. Et puis on vit la figure stoïque aux larges pommettes d'Ophelia Green, on entendit ses mots :

— Rien qu'un agent d'assurances, c'est tout ce que je sais. Je n'ai pas les moyens de prendre une assurance. Il ne s'agissait pas de mon fils. Je ne suis au courant de rien.

Et la porte à la vitre fêlée se ferma.

Daisy Flynn regardait les deux hommes nus et parlait d'une exclusivité de dernière heure sur la Chaîne Dix. Et puis ce fut une image de la petite voiture verte dans son tombeau de ronces et de lianes, et quelques mots annonçant que la voiture était au nom de Benjamin J. Orton.

— Demain matin dans le premier journal télévisé, KSDC-TV espère vous présenter une interview de David Brandstetter sur les raisons de son…

Dave éteignit le poste.

— Tu veux ôter le magnétophone de sous le lit, maintenant ? Ça me fait mal à la tête de me baisser.

Cecil releva la tête, si brusquement que tout son corps svelte tressauta.

— Merde ! Pour quelle espèce de salaud tu me prends ?

— De l'espèce qui ne fait que son boulot.

— Comme toi, railla Cecil. Oh oui. N'essaie pas de…

Le téléphone sonna. Effrayé, Cecil le regarda. Jeune, le cul nu, au mauvais moment, au mauvais endroit. Une autre chose faisait peur à Dave. Il voyait la pénombre de la chambre d'hôpital. Il voyait la grande et belle tête de Carl Brandstetter contre les barreaux au chevet du lit haut. Il voyait l'infirmière détacher les fils des mains immobiles, dégager les tuyaux d'oxygène de la figure. Il voyait des infirmiers en blanc fripé pousser un chariot étincelant. Pour ne plus voir, il alla décrocher.

— Je savais pas qui vous étiez, dit une voix pâteuse. Pourquoi vous me l'avez pas dit ? Pourquoi est-ce qu'il a fallu que je voie ça à la télé ? (De fausses dents claquèrent.) Je croyais que nous étions amis.

— Smith ?

Dave ôta un instant le combiné de son oreille et le regarda.

— Tyree Smith ?

— J'aurais pu vous dire qui a tué ce salaud. Vous n'aviez qu'à me le demander.

— Vous me l'avez dit. Mme Orton. Souvenez-vous.

Un objet cogna le téléphone, au bout du fil. Un verre ? Une bouteille, plus probablement.

— Faut pas faire trop attention (Smith hoqueta) à mes invip... (il rétropédala et s'y reprit) improvisations théâtrales.

— Vous voulez dire qu'elle ne l'a pas menacé ?

— Comme je vous ai dit. Mais, sérieusement... elle aurait pas pu marcher sur une fourmi.

Un nouveau choc. Il avait dû lâcher le combiné. Il se balançait au bout de son fil contre la vitre de la cabine solitaire, sous les eucalyptus. Et puis Smith le récupéra.

— Ma voiture a disparu. Venez ici, vous.

— Cette émission était périmée, dit Dave. Je ne m'occupe plus de l'affaire. C'est la police. Appelez-la.

— Allons donc, fit Smith.

— Ecoutez, il est tard. Ça ne peut pas attendre jusqu'à...

Il y eut un fracas et Dave entendit la tonalité. Il raccrocha et ramassa son pantalon.

— Tu te trompes. Je n'ai jamais couché avec personne pour obtenir une interview.

— Moi non plus ! cria Cecil.

Dave chancelait sur une jambe, en enfilant son jean.

— Ne te bile pas. Tu seras plus habile quand tu auras de l'expérience.

— Non, mec, je t'en prie. Allons. C'était pas ça.

Cecil tendait les bras. Des larmes brillaient dans ses yeux.

— Je t'aurais suivi même s'il n'y avait pas eu de scoop. Je t'aurais attendu ici, comme je l'ai fait.

— Mais il y a un magnétophone.

Dave remonta la fermeture de sa braguette.

— Dans la camionnette, dit désespérément Cecil. Dans la camionnette.

Dave démêla la tunique en jean des draps et des couvertures. Il l'enfila par la tête.

— Au cas où j'aurais quelque chose à dire. En veine de confidences, en pleine euphorie. (Il s'assit sur le lit et se baissa pour prendre ses espadrilles.) Dans la matinée.

Cecil tomba à genoux devant lui.

— Non, non non ! Tu te trompes, c'est pas vrai ! cria-t-il en essayant d'attraper la boucle du jean. Je vais te montrer.

David lui saisit les poignets.

— Tu ne fais qu'aggraver ton cas.

Cecil se laissa retomber sur ses talons. En pleurant comme un enfant.

— Qu'est-ce que je peux faire ? Tu veux que je te dise que je t'aime ? Bon, je t'aime. On dirait une chanson idiote. C'est vrai. Quand je t'ai vu sur la montagne ce matin, quand je t'ai parlé… ça devait arriver. Il fallait que je couche avec toi. Bon Dieu, tu ne comprends donc pas ?

— Tu ferais mieux de te taire.

— Je ne peux pas te parler, je ne peux pas te toucher, qu'est-ce que tu veux ? cria Cecil, et il se leva d'un bond, en gesticulant devant la télévision éteinte. Réfléchis, quoi ! Si c'était ce que tu dis, pourquoi est-ce que je t'aurais montré le journal, ce que j'avais fait ? Tu dormais, mec. Jamais tu ne l'aurais vu. J'ai eu tort. Ça en a tout l'air. Mais jamais l'idée ne m'est venue que tu le prendrais comme ça. C'est pour ça que je t'ai réveillé et que je te l'ai montré. Est-ce que je ne te l'ai pas montré ?

Il tendait des mains suppliantes. Dave se leva lourdement.

— Viens, dit-il.

Cecil trembla dans ses bras. Il caressa le long dos lisse. Il embrassa avec douceur la bouche salée de larmes.

— Habille-toi. Il faut que j'aille quelque part et si j'essaie de conduire moi-même je vais m'endormir.

XIV

Dave se réveilla quand la petite voiture impitoyable se mit à sauter sur les nids de poule de la route, dans le bosquet d'eucalyptus. Le crissement des bouts d'écorce et des gousses séchées sous les pneus paraissait bruyant dans le silence de minuit. Des brindilles craquaient. Il se redressa dans le siège baquet, ankylosé, se frotta la nuque, passa sa langue autour de sa bouche sèche. L'acier et le verre de la cabine téléphonique étincelèrent une seconde dans le faisceau des phares. Et puis ce fut le triangle de terre nue. La lueur du tableau de bord dans les yeux, il ne pouvait distinguer les camping-cars sous les arbres, mais dans la lumière des phares, il y avait la caravane de Tyree Smith. Sa porte était ouverte.

— Nous y sommes, dit-il.

Cecil freina. La voiture s'arrêta, penchée dans une ornière. Cecil coupa le contact et ils entendirent le bruit du ressac. Dave déboucla sa ceinture et descendit. Cecil éteignit les phares.

— Non, lui dit Dave, laisse-les.

Cecil ralluma. Dave s'éloigna.

— Ça ne devrait pas être long.

Il gravit les marches d'aluminium cabossées et passa la tête à la porte. Il y avait une odeur de vêtements moisis et de provisions avariées, de ce côté rien n'avait changé. Mais il n'entendit pas de ronflements. Il chercha à tâtons un interrupteur. Il ne semblait pas y en avoir. Il entra et alluma son briquet. La flamme lui montra une couchette vide.

— Smith ? dit-il.

Personne. Il descendit les marches et regarda autour de lui. Rien ne bougeait. Les grands arbres murmuraient dans le vent froid de la mer. Il fit le tour de la caravane. Le terrain était inégal. Il se tordit une cheville. Il s'accroupit. Sous la caravane, le briquet lui révéla des boîtes de bière, des emballages de chocolat, de mauvaises herbes. Il rempocha le briquet, épousseta le sable de ses mains.

— Smith ?

Quelque part dans le noir, Cecil s'exclama :

— Merde, ah merde.

Dave se releva. Les phares lui montraient les longues jambes du garçon, en jean jaune.

— Qu'est-ce que c'est que ça ? dit-il d'une voix effrayée. En bas.

Dave le rejoignit en trébuchant. Cecil lui empoigna le bras. Les doigts nerveux le pincèrent.

— Mec, qu'est-ce que c'est que ça ?

La marée sombre sifflait et chuintait autour des rochers. Et quelque chose y flottait, blanc et mouvant.

— Ça, dit Dave, c'est un vieil homme triste dans un triste vieux complet de toile. Il était fatigué de recommencer. Aide-moi à descendre.

Mais quand ses semelles de corde furent bien plantées sur deux rochers, Smith était encore hors de portée. Le pinceau des phares jaillissait vers le large au-dessus de sa tête. Le bas de la pente en était plus noir encore. Les rochers étaient déjà noirs au naturel. Il se pencha à droite, à gauche, chercha à tâtons des points d'appui. Ses jambes étaient trop écartées. Une bouteille cognait. Il ne pouvait la voir.

— Il vaut mieux que je descende, dit Cecil.

— Non, laisse. La police aura un grappin. Aide-moi à remonter.

Ils vinrent sans sirènes, mais impossible de ne pas les entendre. Des pots d'échappement rouillés ronflaient et claquaient, des bougies cliquetaient, une lame tordue de ventilateur cognait contre un radiateur. Les phares dansaient sur les troncs déchirés. Ils sautèrent sur des ressorts grinçants dans les ornières et s'arrêtèrent dans un balancement à côté de la voiture de location de Dave. Les gyrophares rouges clignotaient, menaçants, sur les toits blancs et sales. Quatre uniformes pâles en descendirent. Les hommes qui les portaient étaient jeunes. L'un d'eux était Jerry Orton. Ils n'avaient pas apporté de grappin. Ils se servirent de cordes, très maladroitement. Tout de suite, l'un d'eux tomba à l'eau. Il regagna d'un air écœuré sa voiture où il s'enveloppa dans une couverture et resta assis, tassé sur lui-même, en faisant la conversation avec une radio qui crépitait.

Sous la masse noire des arbres, de la lumière s'alluma dans un des camping-cars. Une femme grise et un homme chauve, tous deux en peignoir de bain neuf, descendirent et restèrent côte à côte, curieux. Du véhicule voisin deux jeunes gens potelés – chemise de flanelle à carreaux à longs pans, jambes blêmes – descendirent, regardèrent avec des airs pincés et incrédules les mouvements et les bruits dans l'éblouissement des phares, et rentrèrent. Un petit chien sauta du troisième camping-car, fila comme une flèche sur le terrain découvert, aboya très fort contre les uniformes, fit demi-tour et retourna à la même allure vers son camping-car, les oreilles sur le dos. Une voix de femme cria « Vilaine bête ! » et une porte d'aluminium claqua.

Ils vidèrent le corps de Smith de son eau mais cela ne servit à rien. Il gisait maintenant sur le dos dans les herbes folles, ses os pointant à travers le complet blanc trempé. Il avait perdu ses dents. Sa mâchoire ne pouvait tenir sa bouche fermée. Elle béait comme un petit trou mou et noir. Ses cheveux blancs mouillés étaient plaqués, presque transparents sur le crâne délicat. A côté de lui, un des uniformes avait posé une bouteille de vodka presque vide. Dave se tenait à l'écart comme on le lui avait ordonné près de la voiture de location. Cecil, assis sur l'aile, grelottait dans son blouson jaune léger. Et soudain, l'homme chauve en peignoir de bain neuf fut à côté d'eux.

— Il était toujours ivre, dit-il. Il chancelait, en chantant toute la nuit. Ma femme et moi nous ne pouvions pas dormir.

— Lui non plus, dit Dave.

— Fatigué de recommencer ? demanda Cecil.

— Il avait du talent, répondit Dave, et personne ne le remarquait.

— Pas pour chanter, déclara l'homme chauve, et il s'en alla.

Une voiture arriva, qui ne ressemblait pas aux voitures de police. Elle était large et neuve et pratiquement silencieuse. C'était une Mark V jaune foncé métallisé. Un homme en Stetson blanc en descendit ; il portait une trousse de médecin. Il avait de grandes lunettes cerclées de fer et de gros favoris. Son Levi's était usé par la selle et ses bottes de cow-boy couvertes de fumier et de paille. Il s'accroupit à côté des restes de Smith. Après une minute affairée il adressa quelques mots à Jerry Orton ; ça les fit rire tous les deux. Orton contourna la grosse voiture et ouvrit le coffre. L'homme au Stetson souleva Smith comme si c'était un fagot de brindilles et de paille et le porta dans le coffre où il le déposa. Il claqua le couvercle. Le vent avait fraîchi. Ce qu'il cria en montant en voiture fut emporté. L'arrière, large, avait trop de feux rouges. Ils s'éteignirent en clignotant un par un parmi les arbres. Le gars trempé continuait à se bagarrer avec les parasites de sa radio. Un autre enroula les cordes, souleva les couvercles cabossés des coffres des voitures de police et les y jeta. Le troisième monta dans la caravane et se servit d'une torche électrique.

Jerry Orton s'approcha de Dave. Il semblait fort bien se passer de sommeil. Ses yeux bleus d'enfant étaient clairs, ses joues rasées de près, chaque cheveu doré de sa tête était bien à sa place. Son uniforme était net et parfaitement repassé.

— J'exige une explication, dit-il.

— Il y a des années, répondit Dave, un ami m'a téléphoné la nuit. Je me suis rendormi. Quand je suis allé chez lui le lendemain matin, il gisait dans une baignoire et tout son sang était dans l'eau.

— Il ne s'agit pas de Smith, déclara Orton. Il a trop bu et il est tombé à la mer. Et ce n'était pas un de vos amis. Les gens comme lui n'ont pas d'amis. Je n'ai que faire de lui. Les vieux ivrognes fous meurent tout le temps sur la plage. Je me soucie de ma femme, de ma mère et de ma sœur. (Orton regarda Cecil.) Ça va, petit, la fête est finie. Tu peux partir.

Cecil regarda Dave. Dave hocha imperceptiblement la tête. Cecil glissa sur l'aile, s'installa au volant de la voiture de location, mit le petit moteur en marche, recula en arc de cercle et partit sous les arbres.

— Est-ce que la compagnie d'Assurance-vie Medallion sait que vous n'avez plus toute votre raison? demanda Orton.

— Vous pourrez le leur demander demain matin à neuf heures, répliqua Dave.

— Parce que les choses que vous avez racontées ce soir à ma femme sont démentes. Mon père se promenant déguisé en hippie avec des lunettes noires et de la marijuana dans la poche, tout de même! Ma sœur qui se fait enlever par un repris de justice nègre, qui prétend avoir été kidnappée. Une demande de rançon dans la penderie de mon père. La voiture toute neuve de ma sœur au fond d'un ravin.

— Vous avez regardé dans cette penderie? demanda Dave.

— Frances a téléphoné à ma mère. Elle a regardé. Il n'y avait que les uniformes de mon père et deux complets.

Dave écouta la mer s'écraser sur les rochers.

— Mon père n'userait pas la semelle de ses souliers pour rechercher un homme à peine relâché de Soledad. Il passerait par la voie hiérarchique normale. J'ai fait téléphoner par mon service au responsable de Lester Green. Aux dernières nouvelles, il n'était pas chez lui, mais nous persévérons.

— George Anderson, dit Dave. Il vous dira que Lester est chez sa mère. C'est ce qu'il a dit à votre père et votre père y est allé pour rechercher Lester.

— C'est ce que Mme Green vous a dit ? demanda Orton avec mépris. Parce que si elle l'a fait, je sais très bien pourquoi. C'était ce que vous vouliez entendre. Elle est comme ça. Une dame noire de la vieille école. Ne pas contredire le maître blanc. Vous avez fait pression sur elle, ne dites pas le contraire.

— Et la licence de mariage ?

— Mon père a des amis dans la police de Sacramento. L'un d'eux va vérifier les dossiers d'état civil de l'Etat dès demain. Mais je peux vous dire tout de suite qu'il n'y en a pas. C'est uniquement votre imagination. Pourquoi voudrait-elle épouser Lester Green ?

— Pour faire enrager votre père.

Orton rit comme s'il aboyait :

— Vous ne connaissez pas Lester. Je le connais depuis qu'il avait quatre ans. Il avait peur de son ombre. Il n'a jamais changé. Il savait ce que mon père pensait des Noirs. Je me fiche de ce que ferait Anita. Lester Green ne ferait jamais ça.

— Alors pourquoi s'est-il retrouvé en prison ?

— Il a été surpris avec de la drogue.

— Qu'est-ce que la voiture d'Anita fait devant la maison de sa mère ? C'est la semaine des examens. Pourquoi n'est-elle pas à l'université ?

— Nous sommes allés regarder dans ce ravin. Il n'y a que des concombres sauvages et des ronces, dit Orton en considérant Dave, les yeux plissés. Vous pensiez réellement que vous pourriez vous en tirer avec ce genre de harcèlement ? Est-ce que Medallion est si près de ses sous ?

— Vous avez dû remorquer cette voiture avec une dépanneuse, dit Dave. A moins que vous connaissiez un marchand de pièces détachées ouvert la nuit. La tête de delco est dans ma chambre de motel. J'ai non seulement un témoin de la présence de cette voiture dans la ravine mais toute la région l'a vue au dernier journal télévisé, et appris qu'elle était enregistrée au nom de votre père.

— Les images, ça peut se truquer.

Un cri aigu déchira la nuit. Une mouette vola à les frôler. Elle battit des ailes une seconde dans les phares des voitures de patrouille et disparut dans l'obscurité.

— Ainsi, reprit Orton, vous avez mis Daisy Flynn dans votre poche. A part ça quoi de neuf ? Vous êtes un homme et vous cherchez à salir la mémoire de Ben Orton. Naturellement, elle est enchantée. Croyez-moi, les téléspectateurs ne vont pas prendre ça au sérieux. Attendez.

Orton alla à la voiture où la radio crépitait. Il parla au gars enroulé dans la couverture. Le gars remonta sa vitre. Orton revint. Dave lui dit :

— Votre mère est passée en voiture devant la maison d'Ophelia Green cet après-midi. Quand elle m'a vu, elle a accéléré et disparu. Pourquoi ?

— Ophelia Green n'a pas le téléphone. La femme de ménage de ma mère est malade. Ophelia a travaillé pour nous autrefois. Maman a pensé qu'elle accepterait de venir nous aider pendant quelques jours. (Orton renifla bruyamment.) Bien sûr qu'elle a accéléré. Elle vous avait assez vu.

— Votre père a porté ces vêtements de hippie, dit Dave, pour aller au restaurant biologique. Il a offert ce sachet de marijuana à qui pourrait le conduire à Lester Green.

— Ne croyez pas ces dingues. Ils détestaient mon père.

— Il n'a pas incendié le journal clandestin pour empêcher Eddie Suchak de publier la vérité sur ce qui était arrivé à Lester Green et pourquoi ?

— Soyez heureux que personne d'autre ne vous ait entendu raconter ça. Et écoutez-moi, écoutez-moi bien. Mon père, c'était la loi, dans cette ville. Jamais mon père n'aurait transgressé la loi. Quoi qu'il lui en coûte personnellement. Vous ne serez pas capable de comprendre ça, mais je vais vous le dire quand même. Ben Orton était un homme honnête, propre, droit, aux mœurs strictes. C'est comme ça qu'il m'a élevé et c'est pour ça que vous me rendez malade à vomir.

— Pendant que vous étiez dans le canyon avec votre dépanneuse, est-ce que par hasard vous avez traversé la route pour aller chez Mme Green et bavarder avec Anita et Lester ? J'ai dit à votre femme que je pensais que ce ne serait pas une mauvaise idée.

— Ils n'étaient pas là, dit Orton.

— Et les magazines ? Avec des mots découpés pour fabriquer une demande de rançon à l'air authentique, tout comme à la télé ?

— Je vous l'ai dit, Ophelia Green est une dame noire de la vieille école. Elle ne sait pas lire. Qu'est-ce qu'elle ferait avec des magazines ?

— Votre père ne vous a jamais dit, demanda Dave, que c'était très mal de manipuler des pièces à conviction ? De mettre à sac des chambres de motel ? De lacérer des pneus ?

— Qu'est-ce que vous racontez encore, bon Dieu ?

— Je peux présenter le film d'un de vos agents en train de crever les pneus de ma voiture. Cet après-midi de bonne heure. Au Bayfront Motel. Il portait des lunettes noires, mais je crois que c'est celui qui est dans la caravane.

Orton se retourna et cria :

— Thomson !

Le gars à la torche électrique apparut sur le seuil de la caravane. Orton lui fit signe d'approcher. Il descendit le petit escalier tordu, referma la porte et traversa le terrain inégal.

— Bon Dieu, quelle porcherie, dit-il. C'est pas la peine de perquisitionner dans tout ce bordel. Il y a qu'à tout sortir et jeter aux ordures, c'est tout.

— Voulez-vous expliquer l'affaire de pneus crevés de cet après-midi à ce monsieur ? La voiture est à lui.

— Vous auriez dû signaler ça, monsieur, dit gravement Thomson. J'étais sûr que vous le feriez, sans quoi je vous aurais averti à ce moment-là. Voici ce qui s'est passé. J'ai vu quelqu'un aux allures suspectes dans le garage du motel. J'ai garé ma voiture et je suis allé investiguer. Il m'a vu venir et s'est enfui. Je l'ai poursuivi mais je l'ai perdu. Je suis retourné vers la voiture près de laquelle je l'avais vu. Je l'ai examinée, des fois qu'il y ait des dégâts ou des traces d'effraction.

— Quelle était la marque de la voiture ? demanda Orton.

— Une Electra neuve. Argentée. Les pneus étaient lacérés. J'ai relevé le numéro. J'ai rédigé un rapport.

— Je vous crois sur parole, dit Dave.

Thomson fit un effort pour rester impassible.

— C'est tout ? demanda-t-il à Orton, et quand Orton fit oui, Thomson sourit largement à Dave, comme il l'avait fait de sa voiture de patrouille, dans l'après-midi.

Il repartit vers la caravane. Orton se tourna vers Dave.

— Je vous l'ai dit ce matin. Votre seule raison d'être à La Caleta était d'apporter à ma mère son chèque de l'assurance.

— Je ne peux pas. Pas si elle est complice de la mort de votre père, et je crois qu'elle l'est.

— Vous vous êtes introduit chez elle par effraction. Je peux vous fourrer en prison pour ça.

— Vous ne pouvez pas le prouver.

— Vous pouvez moisir longtemps en prison pendant que j'essaierai. Mais je ne veux pas de vous en prison. Je ne veux de vous nulle part au voisinage. C'est à Los Angeles que je vous veux. Vous allez partir tout de suite, cette nuit. Sinon, vous vous en mordrez les doigts demain matin.

— Au revoir, dit Dave, et il partit à pied sous les arbres.

Les verres en plastique qui contenaient du vin luisaient doucement sur le rectangle pâle de la commode, sous le miroir fendu. La bouteille aussi. Ainsi que le verre avec l'eau duquel il avait avalé ses comprimés. Le pain cassé en deux reposait sur son sac en papier aplati. Mais la grande enveloppe avec la photo retouchée de Ben Orton avait disparu. Tout comme la tête de delco de la Gremlin. Dans le placard devant lequel les fragments arrondis du pied de lampe brillaient dans le noir, Dave prit sa valise, l'ouvrit sur le lit défait et commença à vider les tiroirs où Cecil avait soigneusement plié ses affaires.

— J'espère, dit-il, que tu n'avais pas l'intention de présenter le film que tu as tourné cet après-midi au festival de Cannes. Parce que je ne crois pas qu'il restera dans les parages assez longtemps pour le repasser au journal du matin.

Cecil apporta de la salle de bains la trousse de toilette de Dave.

— Si tu crois que je vais te demander de quoi tu parles, tu te fourres le doigt dans l'œil. Où vas-tu ?

Il posa la trousse sur le lit et alla prendre dans la penderie le complet qu'il avait accroché.

— Si tu veux bien conduire, répondit Dave, à Los Angeles.

— « Où que tu ailles, cita Cecil, j'irai ».

— Ça sera assommant. Je dormirai.

— Ce ne sera pas assommant quand tu te réveilleras, dit Cecil.

XV

Les lampadaires s'éteignirent alors qu'ils remontaient Robertson Avenue. Au nord, les collines étaient sombres sur le ciel grisâtre. Dans le parking désert, Dave se déplia avec raideur de la petite banquette arrière et descendit de voiture. L'air était frais et humide. Un silence planait. Cecil était chaussé de boots vernis jaune et noir à talons de cinq centimètres. Leur bruit se répercuta entre les magasins. Des meubles de jardin à vendre attendaient derrière des grilles de fer forgé. Des chiffonniers se dressaient dans des vitrines poussiéreuses. Un groupe de poupées anciennes, dans un cabinet vitré galbé, assistaient à leur trente millième aube.

Là, se trouvaient les hautes portes sculptées de la galerie de Doug Sawyer. Cecil s'arrêta devant la vitrine arrondie et contempla l'unique toile exposée, un portrait de Dave. Dave alla au coin de la maison et tourna une clef dans une serrure. Il précéda Cecil dans l'étroit escalier encaissé qu'il détestait, jusqu'à l'appartement à moitié meublé au-dessus de la galerie. Sa chambre ouvrait par une porte-fenêtre sur un toit en terrasse, une petite jungle de plantes tropicales. La pièce était large, longue, le plafond haut. Ils sentirent la froideur du plancher nu quand ils se déshabillèrent et tombèrent dans le lit que Dave avait choisi grand pour remplir un peu le vide.

Quand le soleil filtra par la porte-fenêtre, il était déjà brûlant et il réveilla Dave. Cecil dormait loin de lui, au bord du matelas, à plat ventre ; un de ses bras traînait par terre. Dave se leva sans bruit. Il voulait aller à la salle de bains. Mais quand il poussa la porte, elle était pleine de vapeur parfumée, plus Christian Jacques en minuscule caleçon rouge. Il était debout devant le lavabo, la figure barbouillée de crème à raser. La main qui tenait le rasoir s'immobilisa. Il regarda Dave dans le miroir embué.

— Bonjour, dit-il.

— Excuse-moi.

Dave ferma la porte et retourna dans sa chambre. Cecil avait roulé sur le dos. Une longue et mince jambe noire émergeait des draps. Dave s'assit au bord du lit, ramassa par terre le téléphone et appela l'hôpital. Quand il eut Amanda il lui dit :

— Je suis de retour à L.A. Le médecin attendait le matin. Est-ce que papa l'a attendu aussi ?

— Il va très bien, répondit-elle. Enfin, pas très bien, mais on le laisse quitter les soins intensifs. Il a surmonté le pire. Il va aller mieux, Dave. (Un petit son étranglé lui échappa.) Dieu… est-ce que ce n'est pas un sacré moment pour pleurer ?

— Il en vaut un autre. Je voudrais être là mais je ne vois pas trop quand je pourrai.

— Je t'attendrai. Nous t'attendons tous les deux.

— Je l'espère bien, dit Dave, et il raccrocha.

En se déshabillant, il avait posé son portefeuille, ses

clefs, sa monnaie, ses cigarettes, son briquet à côté du téléphone. Il regarda sa montre. Il alluma une cigarette. Derrière lui, Cecil poussa une petite plainte de protestation. Le lit bougea. Dave se tourna à moitié. Le soleil avait tapé sur le garçon endormi. Il luisait de sueur. Il cligna des yeux à Dave, sourit un peu, lui passa un doigt nonchalant le long des côtes.

— Rendors-toi, lui dit Dave. Tu viens à peine de commencer.

— Tu veux que je trouve cette femme.

— Il est trop tôt. Quand tu seras prêt, fais comme chez toi, prends une douche et sers-toi à déjeuner. Je te laisse la voiture. Les clefs sont là. Et une clef d'ici, dit Dave en les ôtant de son trousseau. Tu as besoin d'argent ?

Les yeux de Cecil se fermèrent.

— Non. Embrasse-moi.

Dave l'embrassa. Cecil sourit avec satisfaction et roula sur le ventre.

— Thelma Green, dit-il dans l'oreiller. Infirmière diplômée. Trouver l'adresse de son domicile. Aller voir mais sans se faire remarquer. Chercher dans les parages une Montego bleu lavande.

Il récita le numéro de la voiture.

— Ou une Kawasaki rouge.

Dave claqua la bosse dure que faisait sous le drap le postérieur de Cecil. Il alla prendre dans la penderie un peignoir de bain court.

— Dors bien, dit-il, et il suivit les odeurs de café, par des couloirs incommodes, jusqu'à la cuisine.

Doug était déjà habillé, cravate comprise. Il disposait des tranches de bacon dans une poêle.

— Trois de plus, s'il te plaît, dit Dave.

Doug se retourna.

— Qu'est-ce que tu as fait ? Conduit toute la nuit ?

— Je pourrai recevoir ces rendez-vous à ta place au magasin des bêtes, dit Dave, pendant que tu accompagnes ta mère à la maison de repos.

— Tout est vendu. Il n'y aura que les camionneurs, aujourd'hui. Le type du magasin de vélos les fera entrer. Et ton père ?

— On dirait qu'il va s'en tirer. Je n'ai pas conduit. J'ai dormi. Quelqu'un d'autre a pris le volant. Maintenant il dort.

Jacques entra dans la cuisine, en survêtement d'éponge-velours jaune d'or ouvert jusqu'au nombril. Une fine chaîne d'or brillait à son cou basané. Il était chaussé de sandales. Il avait de beaux pieds mais il ne paraissait pas à sa place sans une poignée de menus. Il demanda à Dave :

— Tu as un nouvel amant ?

— Un chauffeur.

Doug ouvrit le réfrigérateur, rangea le bacon et prit une boîte d'œufs. Le grille-pain fit *ding*.

— Dave est monogame. N'est-ce pas, Dave ?

Jacques prit une papaye dans une corbeille, un couteau dans un tiroir et coupa le fruit en deux.

— Monogame ? Est-ce que ça a un rapport avec les Noirs ?

— Pas tout à fait encore, dit Dave.

Il retourna à la salle de bains. Il prit une douche rapide, comptant se raser plus tard. Il souhaitait être assis sous les caoutchoucs avec eux, au petit déjeuner. Pas pour les mettre mal à l'aise. Pour juger à quel point lui-même le serait. La veille au matin, il aurait parié qu'il le savait déjà. Cecil endormi dans son lit suggérait qu'il pouvait encore se surprendre. Ça ne s'arrêtait donc jamais ?

Carl Brandstetter portait un pyjama bleu neuf, mais cette fois la couleur le trahissait. Elle faisait paraître ses yeux fanés et accentuait la vilaine coloration bleuâtre de sa bouche. Contre les oreillers et les draps d'hôpital il semblait exsangue. Les reflets argentés avaient disparu de ses cheveux, ils étaient seulement blancs et vieux. Un rasoir avait écorché sa mâchoire. Jamais il ne se serait fait ça. Il avait d'habitude la voix que les acteurs prêtent aux présidents du conseil d'administration d'entreprises multimillionnaires en dollars. Et aux directeurs généraux. Il était les deux. Mais ce matin sa voix n'était pas comme ça. Toute sa force l'avait quitté.

— Si Mme Orton, dit-il, a protégé ces gosses, et si le jeune je ne sais quoi, Jerry, l'a protégée, alors Medallion est dégagé de toute obligation.

— Si nous pouvons le prouver. Mais cette demande de rançon est en cendres, maintenant.

Dave était accoudé au pied du lit, à côté du petit poste de télé couleur qui y était monté. Il avait la mine sombre.

— Tu as fait une bavure, dit son père.

— Tu étais mourant. Ça m'a distrait.

— Des excuses, des excuses.

— Carl ! protesta Amanda.

Elle était debout à côté du lit, en fausse robe 1927 framboise, la ceinture autour des hanches, de longs sautoirs de perles ovales, la jupe très courte.

— Dave est resté avec toi toute la nuit après ton

attaque. Il n'a pas dormi. Et puis il a conduit jusqu'à San Francisco. S'il a fait une faute…

— Calme-toi, conseilla Carl Brandstetter. Il ne commet pas de fautes… pas de celles qu'il ne puisse réparer. Mais si je ne le critiquais pas, il me croirait malade. (Il parvint à sourire à Dave. Ce n'était pas le vieux sourire moqueur mais l'intention y était.) Oublie la demande de rançon. Tu n'es pas autorisé à voler. Pénétrer par effraction suffit déjà bien. Le jeune Orton avait raison. Tu n'as pas besoin de la lettre. Si tu peux retrouver ces gosses.

— J'y travaille, dit Dave, mais le coup est fumeux.

— Tu en as déjà réussi.

De l'autre côté de la chambre ensoleillée, très net en costume et cravate, Doug était adossé à la large fenêtre qui donnait sur les cimes des acacias couverts de fleurs jaunes. Il partageait son attention entre le bout de ses souliers et sa montre.

— Ce sont les seuls qu'il aime, dit-il. Ceux qui fument comme une cheminée.

Le regard qu'il jeta à Dave fut bref et noir. Dave s'adressa à son père :

— C'est une grande ville à couvrir seul. Je ne peux pas obtenir l'aide de la police. L.A. ne bougera pas à moins que La Caleta le demande. Et La Caleta ne risque pas de le demander.

— Est-ce qu'ils pensent que tu es parti pour de bon, là-haut ?

— Ma voiture est toujours au motel et je n'ai pas payé ma chambre. Ça les inquiétera peut-être assez pour me donner du temps. Mais une fois qu'ils les enverront chercher, ces gosses n'ouvriront pas la bouche. Nous pourrions faire venir dix avocats. Le District Attorney de là-bas appartient aux Orton. Ce qui veut dire la chambre des mises. Personne, dans le canton de Madrone, n'ira inculper un Orton.

— Mais c'est un Orton qui a été tué, dit Amanda.

— Et ils ont un suspect qu'ils sont rudement pressés de pendre. La propre fillette aux yeux bleus de la victime ? Jamais !

— Insulaires, dit Carl Brandstetter. Je les ai rencontrés, il y a des années. Homer Nowell et cette bande. Quand j'étais marié avec Helena. Nous avons traîné un van à deux chevaux jusqu'à Sangre de Cristo pour je ne sais quel concours hippique. Des éleveurs, des agriculteurs. Des Cadillac, des Cessna, des bottes de cow-boy à cinq cents dollars. Ils sont capables de méchancetés entre eux pour savoir qui a la selle la mieux ornementée, mais je parie que si jamais quelque chose menaçait l'un d'eux, ils serreraient les coudes.

— C'est là que nous sommes allés ? dit Dave.

— C'est vrai, tu étais là. Tu as insisté pour qu'on s'arrête, pour regarder la conserverie de poisson. Helena était furieuse. Elle n'aimait rien à part le cheval. Elle t'appelait le Poulain. J'avais oublié ça.

Dave sourit :

— Je me suis demandé si elle t'appelait l'Etalon.

Carl Brandstetter renifla.

— Elle m'a traité de bien des noms vers la fin. Mais jamais d'étalon. Non.

L'anxiété agrandit soudain ses yeux et il se mit à tâtonner fébrilement au bord de son lit. Dave savait ce qu'il cherchait ; il avait arraché le tuyau d'oxygène dès que l'infirmière était partie. Maintenant elle revenait, replète et furieuse.

— Cela dure depuis beaucoup trop longtemps,

dit-elle sèchement. Monsieur Brandstetter, vous me surprenez.

Elle repêcha le tuyau cireux et le fixa fermement avec du sparadrap sur la lèvre supérieure de son malade. Puis elle foudroya du regard Amanda, Dave et même Doug.

— C'est un malade au cœur très fatigué. Dehors, je vous prie.

Dave toucha l'épaule de son père qui lui saisit le poignet et l'attira plus près.

— Un thermos de drys, souffla-t-il. Et une cartouche de Benson and Hedges.

— Et au cas où ça ne ferait pas le travail, demanda Dave, un revolver ?

— Tu ne vas pas refuser d'accéder aux dernières volontés d'un mourant ?

— Uniquement pour le garder en vie.

Dave se dirigea vers la porte que l'infirmière tenait ouverte. Elle était japonaise et son air fâché la faisait ressembler à un démon gardant un temple de Kyoto. Amanda et Doug étaient déjà dans le couloir.

— Ne fais rien de téméraire, dit Carl Brandstetter. Ce n'est que de l'argent, tu sais. Vas-y doucement avec le jeune Noir.

Dave se retourna vivement.

— Quoi ? Qui ?

— Celui qui a tué Orton. Green, n'est-ce pas ?

— Ah... celui-là. Oui, bien sûr.

Un grillage couvert de bougainvillées couleur de vin rosé derrière une fenêtre. Au-delà de l'autre, une glycine avec un tronc tourmenté gros comme un arbre ombrageait une terrasse. Sur un des murs blancs de la chambre, Doug avait accroché une grande planche en couleurs de « Chiens du Monde » qui avait naguère orné le Paradis des Bêtes Sawyer. Il y avait mis un verre neuf et un nouveau cadre. Les rideaux, le dessus de lit, les housses des fauteuils étaient gaiement imprimés de jaune et d'orange. Ça avait quand même l'air d'une chambre d'hospice. En robe de coton imprimé neuve et cardigan blanc boutonné, Belle Sawyer, toute petite près de la porte, regardait la pièce à travers le verre épais de son œil unique. L'autre verre était couvert de sparadrap. Elle avait perdu l'œil entre les serres d'un épervier, il y avait des années. Ses cheveux avaient toujours été frisottés. Aujourd'hui ils étaient bien mis en plis et ça rendait son apparence encore plus insolite. Ce qui palliait un tant soit peu ce côté insolite, c'était la cage d'oiseaux qu'elle portait, deux petits perroquets verts à la figure rose et au derrière bleu. Ils criaient et sifflaient. Elle regarda Doug et Dave par-dessus la cage et dit :

— J'ai mes moments de lucidité, vous savez. Quand je sais qui je suis et où je suis. Je ne vais pas aimer cet endroit. Je veux mes animaux.

Doug lui prit la cage et alla la poser près d'une fenêtre :

— Je ne l'aime pas plus que toi. Mais c'est la seule maison où on laisse entrer les oiseaux.

— Ça ne fait rien. Ils sont gais.

Doug regarda par la fenêtre :

— Tu peux voir les montagnes.

La grosse femme aux cheveux cuivrés qui dirigeait la maison sortit de son bureau quand ils passèrent.

— J'espère que les autres pensionnaires ne vont pas

se plaindre, dit-elle. Ces oiseaux sont terriblement bruyants.

Derrière elle dans le bureau, il y avait des fleurs artificielles et un grand portrait artificiel de Jésus. Doug le regarda puis il leva les yeux vers le ciel bleu éclatant. Un oiseau moqueur s'égosillait sur une antenne de télévision. Dans le feuillage léger de la glycine, une bande de moineaux se querellaient. Il dit à sa mère, avec un doux sourire :

— Tout comme ceux qui sont là dehors. Ils chantent les louanges de Dieu.

Dans la voiture il tourna la clef de contact et emballa rageusement le moteur.

— Il y a un instinct chez les gens. Un poulailler. Il y en a un qui commence à saigner, ils se jettent dessus pour l'attaquer. Ah merde, merde. J'aurais dû fermer la galerie et m'occuper de la boutique d'animaux. Pour elle. Jusqu'à sa mort.

— Ça pourrait durer des années, dit Dave. Le médecin te l'a dit. Elle le sait. Elle ne te le permettrait pas.

— Comment est-ce qu'elle pourrait m'en empêcher ?

Doug roula quelques centaines de mètres dans un silence morose et s'arrêta à un feu rouge. De petits gosses bruyants, habillés de couleurs vives, débordèrent d'une cour d'école sur la chaussée. Doug grogna :

— La galerie n'est qu'un jeu de pédés. Même si je gagnais de l'argent. La boutique d'animaux était sa vie.

Le feu passa au vert et il braqua brusquement dans une rue transversale.

— Où vas-tu ? demanda Dave.

— Je retourne la tirer de là.

— La boutique d'animaux n'existe plus. La maison

non plus, rappelle-toi. Ecoute, Doug, c'est l'âge, la maladie. On ne peut pas les combattre... et gagner. Dans ce genre de malheur, il n'y a pas de héros, pas de traîtres. Il n'y a que des victimes.

— Ah ta gueule, marmonna Doug.

— Tu n'as pas assisté à beaucoup de morts, dit Dave. Dans mon métier, j'en ai vu des centaines. Ce n'est jamais propre et net. Cette maison a l'air bien tenue. Ce n'est pas loin. Tu pourras aller la voir.

— Je serai le seul. Une boutique comme ça... Les amis passent pendant les heures de travail. Des amis ? Ils l'ont déjà oubliée, dit Doug en se tournant un peu vers Dave, les larmes aux yeux. Tu n'es qu'un con sentencieux. Si, il y a des traîtres. Et je n'aime pas ce rôle.

— Ne l'accepte pas. C'est une erreur de distribution.

Doug évita de justesse une bicyclette.

— Et ce que je déteste le plus, c'est que demain je le détesterai un peu moins. Et la semaine prochaine ou dans un mois, je m'en souviendrai à peine.

Il pleurait franchement, à présent.

— Arrête un instant, dit Dave. Je vais conduire.

Quand ils arrivèrent au parking de Robertson, il était déjà presque complet. La voiture de location y était. Elle y était restée ou revenue. Dave regarda l'heure. Midi dix. Il remonta la rue avec Doug, devant les magasins maintenant ouverts : des fauteuils paon, des châles tricotés, de vieux poêles exposés au soleil sur les trottoirs. De la musique flottait par une porte ouverte.

— Quel genre de figurines précolombiennes ? demanda Doug.

— Côte occidentale. Colima, Jalison, Nayarit. Période classique. Les Nayarit sont les difformes, c'est ça ? Des bossus, des femmes au crâne déformé ?

— Des terres cuites, dit Doug. Polychromes ?

De l'autre côté de la rue, un gars basané, genre miniature, enveloppé dans un long tablier blanc, jetait l'eau d'un seau sur le trottoir, devant le Bamboo Raft, et repoussait les détritus de la nuit dans le ruisseau avec un balai-brosse.

— Très grandes, dit Dave. Vernies.

Doug enfonça sa clef dans la porte bleue. Il secouait la tête.

— A La Caleta, je vous demande un peu ! (La porte s'ouvrit et sa voix se répercuta dans l'escalier.) Une nouvelle galerie, tu dis ? Qui ont-ils pour les commanditer ? Quel milliardaire ?

— Les patrons, c'est une femme, répondit Dave en suivant Doug dans l'escalier. C'est plutôt un arrangement commercial. Son commanditaire est le chef de la police locale. Etait.

— L'assassiné ? Tu n'as pas dit qu'il était riche.

— Il ne l'était pas. Il travaillait pour vivre.

Le rire de Doug résonna sèchement entre les murs encaissés.

— Pas étonnant qu'il soit mort. Dave, nous parlons de dizaines de milliers de dollars. Il devait être corrompu comme personne. Le Mexique ne les laisse plus sortir du pays. Et il n'y en a pas tellement qui se baladent dans la nature.

Ils arrivaient en haut de l'escalier. De légers accents de guitare et de bongo provenaient de la grande chambre pleine d'échos où les éléments stéréo étaient posés à même le plancher nu. Un vieil album de Cal Tjader. Dave ne regarda pas de ce côté. Il suivit Doug dans la cuisine ensoleillée.

— Les musées se cramponnent aux pièces qu'ils ont

la chance de posséder, dit Doug en laissant tomber des cubes de glace dans un grand verre.

— Je crois que c'est à des musées qu'elle vend.

Doug versa de la vodka sur la glace :

— Il n'y a pas beaucoup de collectionneurs particuliers qui ont une telle fortune.

— Celui qui s'est débarrassé de ce lot en a une... maintenant.

Doug fit une grimace sceptique. Il prit un pichet de jus de tomate dans le réfrigérateur.

— Ça devait être une transaction bougrement secrète. Tu sais comment j'ai cherché, le mal que je me suis donné. Il n'y a pas eu d'annonce, de catalogue, de vente aux enchères... pas même une rumeur.

— Ne cherche pas plus loin. Prends ta voiture et monte là-haut.

— Avec quelles économies ?

Doug versa du jus de tomate sur la vodka et remit le pichet en place.

— Il y en a peut-être une écornée, dépréciée. Tu ne trouves pas qu'il est un peu tôt pour commencer à picoler ? Tu as déjà pleuré.

Doug ajouta une giclée de Worcestershire à son verre, tourna les glaçons d'un doigt, en gardant le dos tourné.

— Exact. C'était au cas où tu voudrais parler de nous.

— Qu'est-ce qui reste à dire ? demanda Dave.

Doug se retourna.

— Tu t'en fous complètement, n'est-ce pas ? Pour Christian... arriver et le trouver là ?

— Et avant lui Kovacs, dit Dave. Et avant Kovacs le mécano d'European Motors. Au début j'ai cru que tu faisais ça pour attirer mon attention. Je ne le pense plus.

— J'ai peut-être renoncé.

— Tu n'avais aucune raison de commencer.

Des talons résonnèrent dans le couloir et Cecil entra. Le soleil faisait scintiller le jean et le blouson jaunes.

— Je l'ai trouvée, annonça-t-il. Comme tu disais... du gâteau. Un coup de téléphone à l'Ordre des Infirmières et j'ai sauté dans la voiture. Elle n'est même pas loin. Quelques kilomètres au sud, dans cette grande rue... La Cienega ?

— Doug Sawyer, dit Dave. Cecil Harris.

Il les regarda se serrer la main, Doug boudeur, Cecil méfiant. Il demanda :

— Comment est-ce ? La voiture est là-bas ? La moto ?

— Des immeubles résidentiels dans un parc, des arbres, des pelouses, des massifs de fleurs. Un quartier noir maintenant, mais pas depuis longtemps. Les rues où on lit « Andouilles » sur la vitrine d'un magasin d'alimentation ont encore l'air déplacées. Les gens comme elle, quand vient le moment où on sait que c'est un quartier noir, ils déménagent. Tu n'as jamais cru que je pourrais me faire remarquer, dit-il à Dave avec un sourire sournois. Pas moyen.

Dave sourit largement.

— Tu te sens utilisé, hein ?

Cecil éclata de rire. Le disque lointain tournait encore. Il claquait des doigts en mesure. Ondulant des épaules et des hanches, il traversa la cuisine, gagna la porte ouverte sur la terrasse.

— Je me sentais si peu voyant dans ce décor, parmi

ces adorables petits négrillons qui partaient à l'école sur leurs skates à cinquante dollars, que je suis allé carrément sonner à la porte de la dame.

— Je serai dans la galerie, dit Doug et il les laissa.

Cecil cligna des yeux.

— Il n'est tout de même pas jaloux. Et la reine des îles ?

Dave écouta tristement le claquement des talons de Doug dans l'escalier.

— Ne fatigue pas ta jolie petite tête. Tu ne peux pas reconnaître les acteurs si tu n'as pas le programme. Qu'est-ce que Thelma Green a dit ?

— Elle avait son uniforme d'infirmière, son manteau sur le bras, elle allait partir à son travail. Je lui ai dit que j'étais un copain de Lester, à l'Université, qu'il m'avait dit de passer le voir. Elle m'a répondu qu'elle n'était pas au courant. Qu'il n'était pas là. Mais j'ai vu un sac de marin par terre, juste à côté de la porte du vestibule, et ça n'est absolument pas le genre de dame à voyager avec un sac de marin.

— Tu as donc attendu qu'elle parte et tu y es retourné ?

— Il y a un gardien si vieux que tout ce qui le maintient debout, c'est l'amidon de son uniforme, mais il m'a collé aux fesses comme si j'allais voler tous les postes télé de la baraque. J'ai repris la voiture, j'ai roulé dans toutes les rues. J'ai perdu mon temps et gaspillé ton essence. Ils sont bien descendus à L.A. avec la Kawasaki, mais ce n'était pas là que je pouvais la trouver.

— Alors comment tu le sais ? demanda Dave. Où est-elle ?

— J'ai eu soif, expliqua Cecil. Je me suis arrêté dans

un café pour boire un coca. Grosse histoire, tout le monde sens dessus dessous. Il paraît qu'il y a eu un hold-up hier soir. Un Noir barbu et une grosse fille blonde aux cheveux longs. Ils avaient un petit revolver de police à canon court, tu vois le genre ? Tout le monde à plat ventre, tout ça ! Ils ont vidé le tiroir-caisse et ils ont couru vers leur petite moto rouge, mais juste à ce moment une voiture pie a tourné par hasard au coin de la rue. Alors… je suppose que nous pourrions la trouver dans le garage de la police, pas vrai ?

XVI

La petite pièce verte avait une large fenêtre. Derrière la vitre, des lattes d'acier vert, verticales, coupaient le soleil en tranches. Il faisait très chaud et l'air froid qui tombait d'une grille au plafond n'y pouvait pas grand-chose. Un agent en tenue ôta les menottes des poignets d'un jeune Noir malingre qui portait une barbe et un blouson de simili cuir. L'agent sortit et referma la porte. Le garçon s'assit sur une chaise d'acier verte devant une table d'acier verte où quelqu'un avait laissé traîner une serviette en papier froissé et tachée, une demi-tasse de café crème caillé et les os d'un poulet grillé de supermarché dans une petite poubelle en fer-blanc. Le garçon essaya de distinguer Dave à contre-jour dans l'éblouissement de la fenêtre, y renonça et se tourna vers l'homme assis à la table en face de lui. L'homme avait le nez cassé et ses épaules tendaient à fendre le tissu de sa chemise. Ses yeux étaient injectés, ses joues pas rasées. C'était le lieutenant Ken Barker, de la police de Los Angeles. Il déclara :

— Il ne s'agit pas du hold-up du café.

Le gars essaya encore de regarder Dave.

— Ah non ? De quoi, alors ?

— De kidnapping, d'extorsion de fonds et de meurtre.

— Pas question.

Le gars se leva et bondit vers la porte. Barker le rattrapa, lui enfonça un genou dans les fesses, l'aplatit contre le mur et lui tordit les bras en haut du dos. Le Noir se débattit.

— Pas question, répéta-t-il. Je sais ce que c'est. Vous avez une affaire monstre que vous arrivez pas à résoudre, et puis un pauvre con de nègre essaye un petit hold-up à deux ronds et vous avez un candidat instantané pour le quartier des condamnés à mort. Eh bien pas moi. Pas moyen, mec, pas moyen.

— Tous les moyens, dit Barker. En commençant par qui tu es et d'où tu viens. Tu n'as pas arrangé ton affaire en refusant de nous le dire. L'immatriculation de ta moto nous l'a appris.

— Ouais ? Qu'est-ce que ça veut dire ? demanda Lester.

— Ça veut dire que tu n'es pas un simple petit con de nègre.

Barker le fit pivoter et le ramena à la chaise en le soulevant comme un gros pantin maladroit. Il le plaqua durement sur le siège.

— Tu es un pauvre petit con de nègre très spécial. Ce monsieur va t'expliquer pourquoi.

— Il y a deux ans, dit Dave, vous et la fille avec qui vous avez été arrêté hier soir avez fait une demande de licence de mariage, et tout de suite après vous avez été embarqué pour possession de marijuana, inculpé, condamné et envoyé à Soledad. C'était un coup monté, vous le saviez et vous saviez qui l'avait monté.

— J'ai jamais dit ça, répliqua Lester.

— Vous aviez peur qu'il arrive quelque chose de pire. A vous. A la fille. Il n'y a pas de quoi avoir honte. Tout le monde avait peur de lui.

— Je veux un avocat, dit Lester Green.

— Tu n'as pas besoin d'avocat pour écouter, riposta Barker.

— Le 16 de ce mois, reprit Dave, vous avez été relâché de Soledad. Vous vous êtes présenté à votre responsable. Dans une Gremlin verte toute neuve conduite par la même fille. Celle dont le père vous avait fait emprisonner. Le lendemain, il a reçu une demande de rançon de vingt-cinq mille dollars pour le retour de sa fille saine et sauve. Et le jour d'après il a été assassiné.

Barker se rassit et commenta :

— Essaie ça sur ta paranoïa.

— Je n'ai rien à dire.

Lester regarda le paquet de cigarettes que Dave lui tendait. Il en prit une et laissa Dave lui donner du feu.

— Je suis étudiant en droit. Je connais mes droits.

— Tu connaissais aussi ce monsieur et tu savais qu'il te cherchait, dit Barker. Tu as entendu ta mère lui parler de sa belle-sœur, ici à Los Angeles. Et pourtant, quand tu as pris la fuite, tu as couru tout droit chez elle.

— A cause de l'argent, dit Dave. Mme Orton n'en avait pas. Feu son mari avait tout dépensé pour une jolie dame et sa galerie d'art. La femme de Jerry Orton achète des appareils photo, des caméras et des objectifs qui mettraient sur la paille une vedette du rock. La mère de Lester n'a pas un rond. Mais la tante Thelma a flairé les ennuis et n'en a pas voulu.

Lester dévisageait Dave comme un petit gosse regarde un prestidigitateur lui retirer des dollars d'argent de l'oreille.

— Dans ces conditions, c'est intelligent, dit Barker, d'aller attaquer un café pratiquement en face ?

— Ce n'était pas son idée, intervient Dave, mais celle d'Anita. Elle voulait rentrer chez elle. Elle en avait assez de jouer. Si elle avait persisté, à La Caleta, c'était à cause de la mère de Lester. Si elle a fui, c'est à cause de son frère.

— Elle va bien ? demanda Lester.

— Elle ira toujours très bien, lui répondit Dave.

— Dès qu'elle a appris que nous connaissions son identité, dit Barker, elle a téléphoné chez elle en pleurant.

— Sa mère est en route, dit Dave, pour payer sa caution et la faire sortir. Pas vous. Elle.

— Je n'ai pas écrit de demande de rançon.

— Elle n'était pas écrite, dit Barker. Les mots étaient découpés dans un magazine et collés sur une feuille de papier.

— J'ai trouvé le magazine hier, dit Dave. Chez votre mère. Vous le savez. Vous étiez là.

— Montrez-le-moi, répliqua Lester en prenant l'air méprisant. Vous n'avez pas de magazine. Vous n'avez pas de demande de rançon.

— Je n'en ai pas besoin. Je vous ai, vous.

— Pourquoi ? Celui qui a fait le coup est en prison.

— Tu ne le crois pas, dit Barker.

— Ne me dites pas ce que je crois !

— Le lieutenant a raison.

Dave traîna sa chaise et vint s'asseoir à côté de Lester. Le blouson, avec ses fermetures à glissières et ses petites chaînes brillantes, sentait le produit chimique.

— C'est ce que nous avons en commun, vous et moi.

Ni l'un ni l'autre nous ne pensons que cet homme est coupable.

— Anita ne vous a pas dit ça, grogna Lester.

— C'était pas la peine, dit Barker. Tu t'es caché. Tu as foutu le camp. Il n'avait pas de demande de rançon, il n'avait pas de magazine... alors de quoi tu avais peur ?

— On ne peut pas me forcer à parler, déclara Lester en se levant.

— C'est vrai, on ne peut pas. La réponse est évidente. Tu l'as tué. Assieds-toi.

Lester gagna la porte :

— Je veux retourner dans ma cellule. Je ne l'ai pas tué. Mais même si je l'avais fait, ça ne vous regarde pas. Ça s'est passé à La Caleta. Et la police de La Caleta... jamais elle ne viendra me chercher, vous le savez bien, dit-il avec un sourire ironique à l'adresse de Dave.

— Si ça dépendait d'eux, riposta Dave. Mais ça ne dépend pas d'eux. Ça dépend de moi. Si un innocent est condamné pour ce meurtre, ma compagnie perdra soixante-quinze mille dollars. Je ne veux pas de ça.

Dans la rue, une sirène de police gémit. Lester Green demanda :

— Comment vous allez l'empêcher ? Merde, mec, ils vous ont foutu à la porte de la ville.

— Je suis parti pour vous retrouver. Non. Medallion est une grande compagnie, puissante, Lester. Elle prend de grands avocats puissants. Tout ce que le District Attorney de La Caleta a contre Cliff Kerlee, c'est une seule pièce à conviction extrêmement douteuse. Elle a été assez bonne pour une chambre des mises composée d'amis du mort. Mais un véritable avocat mettra ça en pièces en une journée, quand le procès aura lieu. J'enverrai un véritable avocat.

— Et alors ce sera mon tour ? dit Lester.

— Cette chambre n'inculpera jamais Anita Orton. Réfléchissez. Ça laisse qui ?

— Toi, dit Barker. Tout seul.

— Pas moyen.

Lester ouvrit brusquement la porte. L'agent en tenue le regarda. Il avait des yeux bruns et mexicains, très doux, et une moustache bien taillée. Il crispa une main autour du manche de son bâton. Lester referma. Quand il se retourna, sa figure était grise.

— Comment est-ce que ça va sauver vos soixante-quinze mille dollars ?

— Anita est restée dans le coup avec vous d'un bout à l'autre, dit Dave. Ça ressortira à votre procès, même si vous ne dites pas un mot.

— Elle n'avait droit à aucune part de l'assurance. Il l'a rayée. Quand il a été au courant, pour elle et moi.

— Mais après sa mort, sa mère a aidé à vous cacher. Son frère a détruit les preuves établissant le rapport entre le meurtre et vous. Et il vous a aidé à éviter l'arrestation. Eux, ils comptaient toucher l'assurance. Non, ils ne la perdront pas pour cause de meurtre. Ils la perdront pour cause de complicité, pour tentative d'obstruction à la justice et fraude à l'assurance. Et notre seul moyen de les avoir, c'est de vous coller le crime sur le dos.

Lester regarda fixement Dave. Il s'humecta les lèvres. Il remua lentement la tête à droite et à gauche. D'une voix creuse, il grommela, en tendant des mains tremblantes :

— Non. Je ne l'ai pas fait, mec. Il faut me croire. Je ne l'ai pas tué. Il était déjà mort quand je suis arrivé.

Barker baissa la tête et frotta son nez cassé pour dissimuler un sourire. Il se leva, empoigna le bras maigre dans le blouson mexicain et ramena Lester vers la chaise à côté de Dave. Le gars s'y laissa tomber comme si ses jambes ne le soutenaient plus. Barker alla à la porte, passa la tête dans le couloir et dit quelques mots. Il referma.

— On va nous apporter du café. Ce qui passe pour du café, par ici. Ainsi, dit-il en se rasseyant, tu es allé là-bas. Sur rendez-vous, hein ? Pour toucher l'argent.

— Non.

Les mains de Lester étaient posées sur la table. Il les regardait. Mais manifestement il ne les voyait pas, il ne les sentait même pas. La cigarette s'était consumée entre ses doigts. Dave prit le mégot fumant et l'écrasa dans le petit récipient d'os de poulet. Le bout incandescent grésilla dans la graisse. Lester murmura :

— J'y suis allé pour faire des excuses.

Barker renifla avec mépris.

— Tu es allé là-bas pour toucher vingt-cinq sacs et, au lieu de te les donner, il a brandi un revolver et il t'a dit qu'il allait renvoyer ton cul noir en prison ; alors tu lui as fracassé la tête et tu as foutu le camp avec le flingue. C'était un revolver de police et tu t'en es servi pour le hold-up du café.

— J'ai pris le revolver, avoua Lester. Mais il était déjà mort. Couché, la tête dans une mare de sang. Ce n'était pas un revolver qui avait fait ça. Son crâne était défoncé.

Des ombres de pigeons passèrent sur les lattes de la fenêtre ensoleillée.

— Votre mère vous a envoyé, n'est-ce pas ? dit Dave. Quand elle a découvert l'histoire de la demande de rançon. Vous lui avez obéi, mais Anita n'a pas voulu et elle n'y est pas allée.

— Pour elle c'était une blague. Pour rire, voyez? Pour moi aussi. Enfin, un peu... Enfin, pas tout à fait une blague.

— Pas tout à fait, grommela Barker.

— Nous savions qu'il devinerait d'où venait la lettre, dit Lester. Qui l'avait envoyée et pourquoi. Oui, bien sûr que nous voulions l'argent. Mais jamais nous n'avons cru qu'il paierait pour un faux enlèvement. Il paierait pour nous empêcher de le ridiculiser devant tout le monde. Pour nous faire taire, se débarrasser de nous.

— Votre mère n'a pas pris ça pour une plaisanterie.

— Nous lui avons dit que nous voulions nous cacher parce que nous nous étions mariés et que nous ne savions pas comment le lui dire. A lui.

— Je me demandais pourquoi elle vous laissait coucher ensemble.

— Et puis il est venu à ma recherche, il lui a parlé de la demande de rançon et dès qu'il est parti elle m'a couru après armée d'un balai. (Un sourire de petit garçon frémit au coin de ses lèvres.) Vous pouvez me croire. Elle ne laisse jamais tomber. Quelque chose de mal... elle continue à me taper dessus. Je devais me traîner à genoux aux pieds de Ben Orton et tout lui avouer en pleurant et le supplier de me pardonner. Elle a dit ça comme ça, murmura-t-il avec un petit rire ironique. Comme elle le voyait. Comme un vieux film à la con.

— Mais vous y êtes allé, dit Dave.

— Elle avait raison. Regardez ce qui m'arrive.

— Ça, ce n'est pas grave, dit Barker. Ça pourrait devenir bien pire.

Un soulier frappa à la porte. Il se leva pour aller ouvrir. Un agent noir en tenue lui tendit un plateau de plastique avec des gobelets de carton fumants. Barker le posa sur la table.

— Et ça le deviendra probablement. Parce que, en découvrant ce cadavre, tu ne t'es pas précipité au téléphone pour appeler la police.

Lester ferma les yeux et secoua la tête. Il les rouvrit tout grands.

— Oh papa ! C'était la police qui m'avait monté ce coup avec l'herbe sous mon garde-boue. Ils savaient que je le savais. Ils iraient penser... qui est-ce qui avait une meilleure raison de le tuer ? Non, je n'ai pas appelé la police. Je me suis tiré vite fait.

— Et tu t'es caché. (Barker posa un des gobelets devant Lester, un autre devant Dave.) Ce qui est logique. Ce qui ne l'est pas, c'est pourquoi tu es resté caché.

Il prit le dernier café et pencha le plateau. Des cuillères en plastique rayé glissèrent sur la table en cliquetant délicatement, ainsi que des serviettes en papier, des sachets de sucre et de lait en poudre. Il posa le plateau par terre.

— Ils ont arrêté quelqu'un. Ils l'ont inculpé. Tu as dû entendre parler de ça.

— Ils ne cherchaient personne d'autre, dit Dave. Ils pensaient tenir Cliff Kerlee, leur homme. Pourquoi n'es-tu pas sorti de ton trou ?

Lester tourna son café. Il souffla dessus.

— Parce que je savais que ce n'était pas lui, déclara-t-il.

Barker renversa son café qui se répandit sur la table, brûlant, et ruissela sur ses genoux. Il poussa un petit cri et se leva d'un bond. Saisissant une poignée de serviettes en papier il s'épongea :

— Qu'est-ce que tu veux dire, bon Dieu ?

— Je veux dire, répondit lentement Lester d'une voix bien précise, que j'ai vu ce cadavre. J'ai fouillé les poches de ce cadavre pour chercher cette demande de rançon idiote. Je verrai ce cadavre dans ma mémoire jusqu'à la fin de mes jours. Et il n'y avait pas de sac à franges à côté. Il n'y avait de sac de cuir à franges nulle part.

— Ho, fit tout bas Dave.

— Je suis étudiant en droit… j'étais, continua Lester. Et personne n'avait besoin de me dire que l'affaire ne tenait pas debout. Il avait un témoin. Tout ce qu'ils avaient, c'était une pièce à conviction bidon. Il pouvait s'en tirer. Je n'allais pas me montrer avant qu'il soit condamné.

— Ils s'en sont très bien tirés avec une pièce à conviction bidon dans ton cas, et n'importe quel jury l'aurait vu promettre à la télé de tuer Ben Orton.

Barker renonça à essuyer son pantalon et se rassit en plaquant le tampon de serviettes en papier trempées de café sur la table.

— Pas assez bon, Lester. Dis-nous le reste.

Le gars se tassa sur la chaise d'acier et parut vieillir d'un coup. Il soupira. Il regarda sombrement Barker :

— Ouais. Merde. Bon. J'ai été vu.

Barker montra des dents jaunies de tabac. Lester poursuivit :

— Comme je vous le disais, je me suis tiré. J'ai glissé sur la terrasse, c'était mouillé. J'ai couru en haut de la colline. C'était le chemin le plus rapide. De l'autre côté, au fond, il y a la route. Quand je suis arrivé au sommet, je me suis retourné. Et une femme est sortie sur la terrasse. C'était trop tôt. Pas moyen qu'elle me voie pas.

— Elle l'a dit ? demanda Barker.

— Pourquoi faire ? La police ne m'a pas pris. Ils ont pris Kerlee. Mais si jamais ils m'avaient arrêté…

Dave fronça les sourcils.

— Un instant. Quelle femme ? Mme Orton ?

Lester secoua la tête.

— C'était assez loin et il commençait à faire nuit, mais ce n'était pas Mme Orton. Trop grande et trop mince. Elle avait une grande enveloppe sous le bras. Et elle portait un bidon, genre bidon d'essence, voyez, mais noir. Et puis d'ailleurs, elle avait les cheveux roux.

XVII

Dans une petite rue de Sangre de Cristo, une benne de nettoiement orange ouvrit sa gueule d'acier et un gars en combinaison orange jeta entre les mâchoires de gros sacs de plastique vert bourrés d'ordures. Dave arrêta la voiture de location. Dans le soleil éblouissant de fin d'après-midi, Cecil cligna des yeux en se tournant vers lui.

— Avec toi, ce n'est pas facile de ne pas poser de questions.

Dave sourit largement :

— Tu es chouette avec ce chapeau.

Il était jaune, avec un large bord relevé d'un côté et une grosse plume cerise. Dave le lui avait acheté à Los Angeles, pas très loin de l'immeuble de verre de la police. Il y avait quatre heures et vingt-huit minutes de ça. Dave donna une chiquenaude au bord du chapeau, ouvrit sa portière et descendit.

Le gars en combinaison orange leva une main gantée et maladroite pour abaisser un levier sur le flanc de la benne. Un mécanisme gronda, les mâchoires se refermèrent, mâchèrent et grincèrent. Le gars lança entre ses dents un sifflement strident, la benne démarra lourdement et il courut derrière. Dave le rattrapa vivement et saisit une manche graisseuse.

— Je peux vous poser une question ?

Le gars s'arrêta et pencha la tête :

— A propos de politique ? A propos de production ?

— A propos de ces bennes. Combien y en a-t-il ? Vous êtes combien à y travailler ?

— Deux bennes, nous sommes quatre.

Le gars avait la peau dorée, des yeux bleus, une élocution cultivée. Il aurait dû jouer au badminton sur une plage privée de Malibu.

— Sauf exception. Comme aujourd'hui. Aujourd'hui, une des bennes a posé ses entrailles sens dessus dessous sur le ciment du garage. Ça veut dire que nous ne sommes que deux pour faire deux quartiers entiers. C'est pourquoi nous sommes encore là si tard.

Il regarda l'heure à son poignet sale. La montre était coûteuse.

— Quand étudiez-vous pour vos examens ? demanda Dave.

— Les jours de congé. C'est un bon boulot. Il y a une longue liste d'attente pour cet emploi. Normalement, ce n'est que cinq ou six heures, deux ou trois jours par semaine.

De la haute cabine de la benne, un autre jeune homme blond se pencha et cria :

— Tu te ramènes, Kevin ?

Le diesel vrombit impatiemment. Kevin agita un gant.

— Qu'est-ce que vous voulez savoir ?

— Si vous vous souvenez d'avoir ramassé un bidon d'essence calciné. Il y a une quinzaine de jours. Dans Cholla Street.

Le gars de la benne donna un coup d'avertisseur.

— J'arrive ! cria Kevin. Ouais. Pas moi, Paul. Il y avait « Police de La Caleta » écrit au pochoir. Le bidon n'avait plus l'air bon à grand-chose mais nous le leur avons rendu quand même.

Cecil les rejoignit. Dave lui demanda :

— Tu connais son adresse exacte, à elle ?

— 241.

— Quelque part par là, dit Kevin, et il fronça les sourcils. Qui êtes-vous ?

— Assurance. C'est une pièce à conviction dans une affaire d'incendie criminel.

Dave fourra une carte dans une poche de la combinaison orange. L'avertisseur retentit. Des chiens se mirent à aboyer. Kevin courut vers le tas d'ordures suivant.

L'actualité, ou ce que la Chaîne 10 s'entêtait à considérer comme tel, se précipitait. Il était bientôt six heures. La salle latérale dans le grand bloc de parpaings au sommet de la montagne retentissait une nouvelle fois de machines à écrire et de téléscripteurs ; une fumée de cigarettes que l'air conditionné de force 7 ne parvenait pas à dissiper l'embrumait. Des téléphones sonnaient. Des épaules remontées coinçaient des combinés contre des mentons et des oreilles tandis que des crayons griffonnaient sur des blocs-notes. Personne ne fit attention à Dave et à Cecil quand ils circulèrent entre les bureaux. Daisy Flynn marquait de la copie avec un feutre noir. Elle ne les vit pas non plus, pas tout de suite. Quand elle les aperçut, elle arracha ses lunettes et foudroya Cecil du regard.

— Où diable étais-tu ?

— Ils ont volé mon film, n'est-ce pas? demanda Cecil.

— Tu devais être ici ce matin à cinq heures avec une interview enregistrée. Quoi? Oui, ils ont volé ton film. (Elle se tourna pour poser sur Dave un aigre regard vert.) Ils sont partout, n'est-ce pas, les tentacules d'une grande compagnie d'assurances? (Elle regarda encore Cecil.) Qu'est-ce que tu fiches avec lui?

— En ma qualité de Scoop Harris du Bureau des Gaffes, répondit Cecil, rien. En ma qualité de Cecil Harris, première année de maternelle, j'apprends l'alphabet. Mais lentement.

— Je ne comprends pas ce que tu racontes.

Elle tripota avec irritation sa montre à lecture directe, rassembla des papiers sur son bureau.

— Mais tu es plongé jusqu'à ton Afro dans le pétrin, ici. Et j'ai frotté quelques oreilles aux Arts de la Communication, à ta fac; alors à ta place, je ne m'attendrais pas à des claques bien gentilles sur ton petit cul quand tu te montreras là-bas. Je parie que tu seras renvoyé.

Elle se leva.

— J'ai tout rapporté, dit Cecil. Vidéo et audio. C'est dehors dans ma camionnette.

— Nous verrons ça plus tard. Un seul membre arraché et saignant à la fois. En attendant, j'ai un journal à présenter.

Elle voulut s'éloigner mais Dave se planta devant elle :

— Donnez une chance à vos sous-fifres, pour une fois. Nous avons à causer tous les deux.

Elle le toisa vivement des pieds à la tête.

— De quoi donc? Vous voulez dire que j'obtiens

l'interview ? (Elle posa ses papiers et ouvrit un tiroir de son bureau.) La rédaction de la Chaîne Dix apprend enfin ce que vous fabriquez dans l'affaire Ben Orton et pourquoi ?

— Vous rigolez, dit Dave. Vous ne m'avez pas lâché Cecil dessus pour la rédaction de la Chaîne Dix. Vous l'avez lâché pour m'empêcher de faire mon travail.

— Je ne l'ai pas lâché, dit-elle en ôtant du tiroir son petit magnétophone blanc à cassettes. Je n'ai pas cherché à le retenir, voilà tout. Pourquoi est-ce que je voudrais vous empêcher de faire votre travail ?

— C'est justement de ça qu'il faut parler. Mais je crois que vous n'aurez pas besoin de ça, dit Dave en touchant la petite boîte froide. Parce que le sujet, ce n'est pas mon rôle dans l'affaire Ben Orton. C'est le vôtre.

Elle se raidit :

— Que voulez-vous dire ?

Dave jeta un coup d'œil aux bureaux serrés les uns contre les autres, au personnel affairé.

— Vous ne tenez pas à ce que je le dise ici. Voulez-vous que nous passions dehors ?

— Je vais passer sur le plateau, déclara-t-elle en remettant le magnétophone dans le tiroir, qu'elle claqua avant de ramasser ses papiers. Vous ne savez pas de quoi vous parlez.

Elle s'éloigna et Dave la suivit.

— Je parle d'un bidon d'essence calciné marqué Police de La Caleta, ramassé par les éboueurs le lundi 19 à votre adresse.

Elle s'arrêta. Il ne sut dire si elle pâlissait, son maquillage était trop épais. Mais les yeux verts qu'elle tourna vers lui, entre leur frange de faux cils, avaient perdu leur éclat. Sa voix fut tout aussi terne quand elle le pria d'attendre une minute. Elle poussa une des portes du couloir. Cecil avait une expression effrayée et grave. Dave lui adressa un sourire en coin et regarda l'aiguille rouge d'une pendule, au mur. La minute n'était pas écoulée quand elle revint. Sans papiers.

— Venez, murmura-t-elle.

Dave et Cecil la suivirent. Elle s'arrêta sur le terrain plat, au-delà des voitures garées en épi contre le mur nu du bâtiment dont le gris se cuivrait sous le soleil couchant. Tout était silencieux. Le ciel virait au vert pâle. L'épervier y était encore suspendu ; très haut et presque immobile.

— Alors, de quoi s'agit-il? demanda-t-elle en s'efforçant de parler hardiment.

— Vous êtes sortie, dit Dave. Je vous écoute.

— Je suis sortie parce que vous racontez de dangereuses inepties et je veux que ça cesse.

— Ce qui était dangereux, c'était votre présence chez Ben Orton le jour et à l'heure où il a été tué.

— Vous êtes complètement fou ! Qu'est-ce que je serais allée faire là-bas ?

Elle protestait énergiquement mais ses longs ongles rouges s'enfonçaient dans le creux de ses mains.

— J'ai une réponse ou deux à ça, mais j'aime mieux que vous me les donniez.

— Je n'y étais pas. Qui vous a raconté que j'y étais ?

— Vous le savez bien. Lester Green.

— Lester...

La voix lui manqua. Elle vacilla. Une main osseuse chercha un soutien. Ce fut le bras de Cecil qu'elle trouva :

— Mais Lester Green est en prison.

— Il était sorti ce jour-là, dit Dave. Il voulait voir Ben Orton mais il est arrivé trop tard. Orton était mort. Lester a perdu la tête et s'est enfui. Mais au sommet de la colline il s'est retourné. Et il vous a vue sur la terrasse. Avec un bidon d'essence calciné à la main. Vous savez qu'il vous a vue. Vous l'avez vu.

Elle tourna la tête et contempla l'ombre qui s'allongeait au pied des collines. Elle respira profondément, les épaules levées, puis soudain affaissées. Elle tourna vers Dave des yeux las, sans défense, et hocha la tête.

— Je l'ai vu, dit-elle avec un petit sourire ironique. Je l'ai pris pour un ouvrier qui arrachait des broussailles. Comme on le fait quand le temps est trop sec. A cause des incendies.

— Parce qu'il était noir, dit Cecil. Eh bien vous vous trompiez. Par ici, ce sont les petits Blancs de la classe moyenne qui obtiennent les boulots de Nègres.

— J'avais oublié.

Elle le lâcha, traversa le terrain sur des talons chancelants et alla s'adosser à une petite Honda toute neuve. Le soleil brillait dans ses yeux. Elle les abrita d'une main.

— Savez-vous, demanda-t-elle à Dave, qui était Eddie Suchak ?

— Il publiait un petit journal clandestin à La Caleta, jusqu'à ce qu'il soit incendié. Et c'est là que le bidon d'essence entre en scène, d'accord ?

— J'étais en vacances ce mois-là mais la police a dit à notre équipe que c'était un court-circuit. La tension de ses presses était trop forte. Le bâtiment était vieux et délabré.

— Vous écriviez pour lui.

— Pas longtemps, répondit-elle sombrement. Mais c'était agréable… La liberté… Je peux avoir une cigarette ?

Dave lui tendit son paquet. Elle avait la main tremblante mais elle parvint à retirer une cigarette. Et puis elle la laissa tomber. Cecil la ramassa et la lui donna, Dave la lui alluma. Il n'y avait pas un souffle d'air et la fumée plana lourdement.

— Je l'ai cru, murmura-t-elle. Le court-circuit. Jusqu'à l'autre semaine, il y a quinze jours. Quinze jours ? Oui.

— Quand Suchak est mort, dit Dave, dans un hôpital d'anciens combattants.

— Quelque chose ne va pas dans leurs reins, quand on les confine dans des fauteuils roulants. Les reins ? Je ne sais pas. Quelque chose à l'intérieur. A moins qu'ils se fassent soigner régulièrement. Et il ne voulait pas en prendre le temps. Mais ce n'était pas seulement ça. Il était perpétuellement en colère. Les guerres stupides, les multinationales cupides, la politique corrompue… tout, dit-elle en faisant un geste vague vers la ville nichée dans sa cuvette de collines brunes. Tout dépend de ce qu'on est, mais il avait un mécanisme très délicat. Pas fait pour supporter ça. Et puis il y avait…

Elle s'interrompit. Les doigts d'une main ballante s'étaient égarés vers la plaque d'immatriculation de la voiture et en suivaient distraitement les chiffres. Elle les regarda. Elle parla d'une voix pleine de rage et de pitié :

— Il voulait faire l'amour. Il ne pouvait pas. Ce qui était pathétique, et il ne pouvait pas supporter d'être pathétique. Ce n'est pas la paralysie qui l'a tué, c'est l'amertume.

Elle releva la tête, les yeux pleins de larmes.

— Et vous ne pensez plus que c'est un court-circuit qui a incendié le journal.

— Il m'a apporté le bidon, enveloppé dans du papier d'emballage et entouré de ficelle. Et une enveloppe. Pas ici. Chez moi. Il les a laissés sur le perron de service. Je suppose que c'était le même soir. « A ouvrir au cas où je mourrais », c'était ce qu'il avait écrit dessus. Je ne savais pas ce que ça voulait dire, pourquoi il avait laissé ça chez moi. Nous ne nous étions pas vus ni parlé depuis des mois. Vous devez comprendre pourquoi, dit-elle en regardant Dave d'un air malheureux et glacé, puis elle rit sans bruit, d'un petit rire tendre et navrant. Il disait qu'il n'était pas un homme. Il était dix fois l'homme que Ben Orton a jamais été.

— Mais il a fui Ben Orton.

— Comme tout le monde. Enfin bref… c'est un jour ou deux après sa mort que je me suis rappelé le paquet et l'enveloppe.

Elle haussa un peu les épaules, laissa tomber la cigarette et l'écrasa du bout du pied.

— Et dans le paquet, dit Dave, il y avait le bidon d'essence laissé sur place par celui des hommes de Ben Orton qui aime jouer avec des allumettes, pour que Suchak sache bien qui l'avait incendié et pourquoi. Et l'enveloppe contenait une photocopie de la licence de mariage au nom d'Anita Orton et Lester Green. Ainsi que l'article de Suchak sur le rapport entre la licence et l'arrestation de Lester.

Elle hocha la tête :

— Et l'incendie. Ecrit au crayon. Sa machine à

écrire avait brûlé avec le reste. (Elle soupira, se détacha de la petite voiture, épousseta ses mains l'une contre l'autre.) Alors j'ai pris le bidon, l'enveloppe et piqué une colère, et je suis allée chez Ben Orton. Je comptais faire passer l'article à l'antenne mais je voulais d'abord le confronter avec. Pour voir sa tête. Seulement quand je l'ai vue, elle avait été surprise par autre chose… la dernière chose qui la surprendrait jamais.

— Vous êtes entrée par la terrasse, dit Dave.

— Elle était mouillée. Autrefois j'avais l'habitude d'entrer par là… il y a des années, dit-elle et son regard se détourna un instant, revint. Et il gisait dans son sang de porc avec son petit revolver de porc dans la main. J'étais trop furieuse pour avoir mal au cœur. Je me suis penchée sur lui et je lui ai débité le discours que j'avais préparé en venant, dans la voiture. Comme s'il avait pu m'entendre mort alors qu'il ne m'avait jamais entendue de son vivant. J'allais partir comme j'étais venue quand la porte de la terrasse a grincé. J'ai couru m'enfermer dans la salle de bains. Quelqu'un est entré dans le bureau et j'étais là, toute tremblante, en priant que la personne s'en aille. Et elle est partie.

— Vous auriez dû lui laisser un peu plus de temps, murmura Dave. Ecoutez… Il y avait un téléphone. Vous saviez ce que vous deviez faire.

Elle mordit l'intérieur de ses joues et secoua la tête.

— Pas question. Depuis vingt-cinq ans, le plus cher désir de Louise Orton est de me punir. J'ai cru qu'elle l'avait tué. Je le pense encore. Pour avoir exhibé sous son nez cette femme de la galerie d'art, pour l'avoir amenée à La Caleta.

— Et Kerlee ? Lester m'a dit que son sac n'était pas

près du corps. Vous le saviez. Et pourtant vous n'avez rien dit.

— C'est pourquoi j'ai été heureuse de vous voir surgir. Vous auriez pu le sauver. Moi je ne pouvais pas. Pas sans prendre aussitôt sa place. J'avais été vue.

— Ça ne vous inquiétait pas. Ce n'était qu'un ouvrier qui brûlait des broussailles.

— Je ne parle pas de lui. Quand je suis arrivée en bas de la route d'Orton, dans ma voiture, il y en avait une autre, garée. Une Rolls 1928, la seule de son espèce dans cette partie du monde. Celle de Richard T. Nowell. Et il était dedans.

XVIII

Elle attendait, presque cachée par de gros rochers, à l'écart de la route de la corniche. Elle se dressait, haute et droite, sur ses grandes roues, dans le sable aux herbes sèches. Sa carrosserie était gris perle avec une fine bande rouge, son capot nickelé; pas la moindre égratignure, pas même la marque d'un pouce. Elle avait été soignée tous les jours de sa vie et cela se voyait. Cecil secoua la tête avec un grand respect.

— Combien? demanda-t-il.

— Trente-cinq mille dollars, dit Dave. Mais ce n'est pas le bonheur. Viens.

Ils suivirent des empreintes de pas entre les grands rochers. Il dut se servir de ses mains pour rester debout. Et puis la largeur ne convint plus qu'à des enfants. Dave se glissa de biais. Derrière lui, Cecil semblait avoir des ennuis avec ses talons. La crique était petite. Les rochers plongeaient sur une plage de trois mètres à peine de côté. Richard T. Nowell était assis sur le sable, adossé à un rocher. Il serrait ses genoux entre ses bras et regardait la mer s'insinuer entre les récifs, courir vers lui et reculer vivement. Il portait un pantalon de velours côtelé et un gros chandail à col roulé.

— Ce n'était pas Kerlee, lui dit Dave.

Il leva la tête. Il y avait de l'éloignement dans ses yeux. Il lui fallut une minute pour se rappeler où il était.

— Je me dis toujours que la prochaine fois que j'irai à Sangre de Cristo, dit-il, j'entrerai dans une librairie et j'achèterai un atlas. Je regarderai une carte du monde et je mettrai mon doigt sur ce point et je le ferai glisser tout droit le long de je ne sais quel parallèle et je saurai ce que je regarde sans le voir.

— C'est le trente-cinquième, dit Dave. Vous regardez Yokohama. Ben Orton a été vu mort par deux témoins avant que ce sac à franges apparaisse.

Nowell jeta un galet dans le ressac.

— La police le sait ?

— Pas ici. Pas encore. Je voulais d'abord vous parler. Un de ces témoins vous a vu aussi.

— Elle doit être folle de luxure, dit Nowell. Vous êtes beau… mais au point de risquer une condamnation à vie ?

— Elle est coincée, ou croit l'être. Quelqu'un d'autre l'a vue. Et pas au pied de la route d'Orton. Sortant du bureau.

Nowell sourit de son petit sourire pincé.

— J'aime le côté inévitable des choses. Une femme… naturellement. C'était fatal.

Dave secoua la tête :

— Son mobile est faible. La sentimentalité… ce qui tient lieu de sentiments quand il n'y en a pas.

— La sentimentalité ? Notre Daisy ? Pour qui ?

Dave lui parla de Suchak.

— Cela exigeait plus qu'un geste mais c'était tout ce qu'elle avait à donner. Ce qui nous ramène à l'autre raison pour laquelle elle n'est pas suspecte. Ce n'est pas un bidon d'essence qui a fracassé le crâne de Ben Orton.

— C'était un pot de fleurs. Et ça ne désigne qu'une seule personne. Cliff Kerlee.

— Ce qu'on a trouvé dans le cerveau de Ben Orton, ce sont des fragments de terre cuite. Mais ces tuiles entassées sur votre terrasse sont aussi en terre cuite.

Nowell se leva, lentement, avec la raideur de l'âge.

— Vous n'auriez pas dû venir seul, dit-il.

Et il se rua. Dave fit un pas de côté, allongea un pied. Nowell s'étala sur le sable. Il se releva, se ramassa sur lui-même pour bondir et s'immobilisa. Parce que Cecil venait d'apparaître entre les rochers. Il les observait, impassible, ses souliers à la main. Nowell soupira, se détendit et se baissa pour épousseter le sable du velours côtelé et du chandail.

— Et vous n'êtes pas venu seul, marmonna-t-il.

— Monsieur Nowell, dit Cecil. Salut.

— Vous êtes le sous-fifre de Daisy, dit Nowell.

— Je l'étais. Dans le temps. Hier.

Cecil essuya ses souliers d'une main et les posa avec soin, côte à côte, sur un haut rocher. Il s'assit sur le sable, ôta ses chaussettes et retroussa le bas de son pantalon jaune.

— Dans le temps, hier, dit Dave à Nowell, j'aurais dit que vous n'êtes pas allé chez Ben Orton pour le tuer. Vous êtes allé négocier. Avec les pétitions de Kerlee comme monnaie d'échange. Orton pourrait les avoir s'il vous donnait des avantages.

— Je pensais qu'elles feraient une jolie flambée dans sa cheminée.

— Et pendant qu'elles brûleraient, vous et lui pourriez vous asseoir comme deux messieurs de bon ton et reprendre la discussion commencée ce soir-là chez vous devant du cognac et des cigares.

— Calmement et en particulier. Vous aviez raison, hier.

Nowell jeta un coup d'œil à Cecil, qui avançait un long pied noir dans l'écume.

— Je ne crois pas, dit Dave. Hier je pensais aussi que Lester Green l'avait tué. Avec une brique, probablement; il y a des tas de briques en face de chez sa mère. Il ne s'est pas servi d'une brique. Il ne s'est servi de rien.

— Qui est Lester Green ? demanda Nowell.

Dave le lui expliqua et conclut :

— Ç'aurait été une solution pour ma compagnie. Pas la plus satisfaisante. La plus satisfaisante aurait été que Louise Orton l'ait tué… Cette femme avec qui vous l'avez vu au Nirvana, elle possède bien une galerie. Mona Windrow. Et un jour Louise Orton a fait irruption là-bas avec un revolver et a dit à Orton qu'elle le tuerait s'il continuait à voir « cette créature ». Sa réaction a été de transbahuter la créature et la galerie au beau milieu de La Caleta.

— Louise était chez elle cet après-midi-là, dit Nowell. C'est pour ça que je suis passé par la terrasse. J'ai vu sa voiture dans le garage. Alors pourquoi venir me chercher des histoires ? Je n'ai pas touché l'argent de son assurance-vie. Je ne suis pas la solution pour votre compagnie.

— Elle n'est pas assez forte pour lui avoir fracassé le crâne. Vous l'êtes et vous l'avez fait. Ce n'était pas les pétitions que vous vouliez prendre dans la camionnette de Kerlee, c'était le sac. Vous ne vouliez pas tuer Ben Orton. Vous vouliez simplement que Kerlee soit condamné pour ça. Et vous avez parié qu'il le serait, après avoir crié au monde, à la télévision, qu'il allait le tuer.

— Elle est chaude ! cria Cecil.

Il sortit de l'eau, arracha et jeta son blouson, ôta son tee-shirt par la tête, se dépouilla du pantalon jaune. Un petit slip blanc tricoté divisait sa peau noire. Il repartit en courant dans l'écume, entre des gerbes d'eau teintées des rouges du couchant. Au-delà des rochers il plongea. Sa tête noire reparut, ses longs bras luisants s'étirèrent, disparurent, s'allongèrent encore. Il rit.

— Elle est chaude ! cria-t-il.

— Vous avez vu la chance de votre vie et vous avez sauté dessus, dit Dave à Nowell. Au Parlement de Californie, cette fois-là, Kerlee avait réduit à néant vos vingt-cinq ans de travail et d'espoir. C'était irrésistible. Si j'étais capable d'admirer le crime, j'admirerais votre présence d'esprit ; ne pas oublier d'emporter une tuile.

— Ne gaspillez pas votre admiration. Vous oubliez que lorsque Daisy Flynn m'a vu sur la route de la conserverie, je montais chez Orton et il était déjà mort.

— Ça s'est peut-être passé autrement. Vous êtes allé discuter, il est devenu mauvais, il vous a menacé avec son revolver et vous l'avez tué. Puis vous êtes allé chercher le sac de Kerlee. Il avait un revolver dans la main.

— Quoi ? s'écria Nowell avec stupéfaction. Qui a dit ça ? Bon, d'accord, j'ai jeté ce sac à franges près du cadavre. Est-ce un crime ? Je ne crois pas. Je ne sais pas. Mais ce que je sais, c'est qu'il n'y avait aucun revolver dans la main de Ben Orton.

La maison avait le soleil derrière elle, cette fois, mais les rideaux étaient toujours tirés aux fenêtres arrondies dans les arcades. Le garage était vide. Il n'y avait pas assez de brise pour agiter les feuilles des grands eucalyptus. Aucun bruit ne montait de la baie bleue aux eaux mouvantes. Un oiseau cria dans les collines *killdi, killdi !* Dave poussa le portail de fer forgé. Daisy Flynn avait raison, il grinçait. Les feuilles froides des grandes plantes tropicales frôlèrent Dave quand il passa entre elles en ôtant sa veste. Il la tendit à Cecil. Au bord de la fontaine moussue, il retroussa les manches de sa chemise. Il s'accroupit et plongea ses bras dans l'eau sombre et boueuse où des ombres de poissons se dispersèrent. Il tâtonna dans le froid. C'était plus profond qu'il ne l'avait cru. Il ôta sa chemise et la donna à Cecil.

— C'est quelle partie de l'alphabet, ça ? demanda le garçon.

— A, répondit Dave. C'est par là que j'aurais dû commencer.

Il replongea les bras, jusqu'aux épaules cette fois, en tournant la tête de côté. Et c'était là, gros et visqueux. Ses doigts cherchèrent une prise et trouvèrent des brisures. Il retira un morceau de l'eau et le posa sur le rebord plat du bassin. De l'eau en ruissela et fit une mare autour de ses chaussures.

— Je n'étais pas à La Caleta depuis une heure, hier matin, quand Jerry Orton m'a dit que la terrasse était tout éclaboussée quand il était arrivé après la mort de son père. Je n'aurais pas pu revenir à ce moment-là. Il ne m'aurait pas laissé faire. Mais j'aurais dû revenir bien plus tôt.

— Oui, Daisy a dit que c'était mouillé.

— Lester aussi.

Dave se pencha et tâtonna au fond ; il ramena un

deuxième fragment ruisselant et emboîta les cassures dans celles du premier.

— Mais il était trop tard pour sauver le vieux. J'aurais dû comprendre ce que Jerry avait dit mais je n'en ai pas saisi la signification.

Il secoua ses mains et tenta de faire tomber l'eau de ses bras.

— Le vieux qui s'est noyé ? demanda Cecil.

Dave reprit sa chemise.

— Il a été poussé. Probablement assommé avec sa propre bouteille de vodka, puis poussé.

Il enfila la chemise et la boutonna.

— C'est une vieille sculpture mexicaine, ça, dit Cecil. Quel est le rapport ?

— Je ne tiens pas à être celui qui te le dira. Parce que tu t'en voudrais.

— Moi ? s'étonna Cecil. Qu'est-ce que tu racontes ? Je ne sais même pas ce que c'est, ce truc-là.

Dave considéra la figurine de terre cuite trapue, avec son casque pointu et ses jambes de nain.

— Ce n'est pas ce que c'est qui compte, c'est ce que ce n'est pas. Ce n'est pas un pot de fleurs.

— C'est ça qui a défoncé le crâne d'Orton ?

Cecil siffla tout bas, jeta la veste de Dave sur son épaule et prit la figurine à deux mains. Il la souleva un peu et les bords brisés crissèrent.

— C'est lourd. Celui qui a fait le coup doit être costaud. (Il la reposa avec soin et regarda Dave en clignant des yeux dans le jour mourant.) Je ne veux pas que quelqu'un d'autre me le dise. Je veux que ce soit toi. Pourquoi est-ce que je m'en voudrais ?

— Tu m'as fait passer à la télévision. Voilà comment l'homme qui a jeté ce truc-là a su qui j'étais. Smith avait été… quoi ? un employé. Un casse-pieds. Il essayait de se débarrasser de lui, de le faire repartir dans le nord, d'où il était venu. Il lui a peut-être donné de l'argent pour ça. Smith s'en est servi pour se soûler. Il a fini par me parler dans un bar et l'homme nous a vus ensemble, mais il n'a compris le danger que plus tard, quand il a appris par le dernier journal télévisé qui j'étais et pourquoi j'étais là. Alors Smith est devenu une menace.

— Quand il t'a téléphoné au motel, qu'est-ce qu'il a dit ? Pourquoi est-ce que tu y es allé ?

— Qu'il pouvait me dire qui avait tué Ben Orton. Je ne l'ai pas cru. J'ai cru qu'il avait peur, tout seul. Comme je l'ai dit à Jerry Orton.

— Celui qui l'a tué pensait qu'il savait, murmura Cecil.

— Ça en a tout l'air. Tu crois que tu es assez fort pour porter la moitié de ce machin ?

Dave soupira, prit sa veste posée sur l'épaule de Cecil et l'enfila. Cecil souleva la terre cuite.

— Qu'est-ce qu'on peut faire pour gagner sa vie sans faire de tort à personne ?

— Je suis un con sentencieux, répliqua Dave en poussant la porte bruyante, l'autre moitié de la figurine entre ses mains. On m'a dit ça ce matin.

— Alors donne-moi une réponse sentencieuse.

— Bien. Attention au mot « gagner ». En général, ça veut dire « prendre ».

Dave rabattit le léger siège baquet de la voiture de location et posa les deux moitiés de la figurine brisée sur le tapis de fibre tout neuf, derrière le siège. Il le redressa fortement pour l'enclencher et dégagea un bras de la ceinture de sécurité qui pendait.

— Dans le genre d'emplois que tu recherches, c'est en général ce que ça signifie.

— Et le tien.

— Et le mien. Alors on saute sur toutes les occasions, non ? Monte.

La sculpture se cogna contre le dossier du siège de Cecil quand Dave arrêta brusquement la voiture au portail de la vieille grille qui entourait la conserverie. Au-delà du terrain sablonneux et abandonné, envahi d'herbes folles, du vieux bâtiment décrépit, le soleil flamboyait sur les vagues. Des chevaliers des sables, fouillant de leur long bec effilé, projetaient de longues ombres légères. Une dizaine de mouettes étaient posées sur le toit rouillé de la conserverie. Dave laissa le moteur tourner au ralenti et descendit de voiture. Un reflet de soleil l'éblouit. Il provenait du cadenas. Il le souleva et le laissa retomber au bout de sa chaîne. Quand Cecil arriva derrière lui il lui dit :

— Encore autre chose que je n'ai pas compris hier.

Cecil toucha le cadenas. Il regarda la grille affaissée. Il regarda Dave.

— Neuf. Et la grille est vieille. Tout est vieux.

Les doigts entre les mailles, il colla sa figure contre le grillage, comme un gosse mis à la porte d'un terrain de jeux. Il contempla la vieille route noire et défoncée qui conduisait à la plate-forme de chargement de l'usine.

— Personne n'est venu ici depuis des années.

— Quelqu'un, si.

Dave s'accroupit. De petites taches bleu violacé parsemaient la terre sèche. Il ramassa une fleur à moitié écrasée, se redressa et la montra à Cecil.

— Jacaranda ? dit le jeune gars.

— Des souliers de l'homme qui s'est tenu ici pour ouvrir ce cadenas.

— L'ouvrir pour quoi ? Quel homme ?

— Celui qui a jeté la figurine dans la fontaine. Sa maîtresse possède une galerie pleine de ces statues. Et juste devant la porte de la galerie il y a un jacaranda.

Dave tira sur le cadenas d'un air songeur. Il était solide, coûteux, et son mécanisme devait être compliqué. Il le laissa retomber, recula et examina le grillage.

— Quant au pourquoi, c'est ce que j'ai besoin de savoir maintenant.

— Mona Windrow ? Celle avec qui Orton couchait, d'après Daisy ?

Dave revint vers le grillage.

— Elle-même. Fais-moi la courte échelle.

Il appuya sur les épaules de Cecil jusqu'à ce qu'il se soit baissé suffisamment pour qu'il puisse mettre un pied sur les mains croisées. Dave s'étira, accrocha ses doigts dans le grillage et dit :

— Maintenant, vas-y, redresse-toi.

Cecil se redressa. Son chapeau tomba. Dave logea la pointe de ses espadrilles dans les mailles et tira avec précaution sur le barbelé qui surmontait la clôture. Il était ramolli par le temps et poudré de rouille. Il le déplaça de manière à pouvoir atteindre une des poutrelles en biais qui le soutenaient. Il tordit le fil de fer contre le bord jusqu'à ce qu'il casse. Le laissant pendre il se hissa et tomba de l'autre côté.

— Merci, dit-il. Tu veux aller me chercher Jerry Orton ? Commence par l'hôtel de ville. Montre-lui la figurine. Dis-lui où nous l'avons trouvée. Et ramène-le ici. D'accord ?

— D'accord.

Cecil ramassa son chapeau. Le soleil couchant dessina l'ombre quadrillée du grillage sur sa figure perplexe.

— Mais comment est-ce que ça va sauver l'argent de ta compagnie ?

Dave haussa les épaules :

— Je dois me mettre au travail. Quelqu'un va bientôt souffrir.

— Ouais.

Cecil lissa la plume entre ses doigts et remit le chapeau sur sa tête.

— Ses empreintes seront sur ce truc-là ? Après tout ce temps passé dans l'eau ?

— Oui, si c'est important. Elles sont graisseuses. Il a un bateau et il est son propre mécanicien.

XIX

Des écriteaux avaient été cloués sur la conserverie, mais il y avait bien longtemps et la peinture rouge des avertissements était presque entièrement effacée. DANGER. BÂTIMENT CONDAMNÉ. DANGER. DÉFENSE D'ENTRER. Il gravit les marches usées de la plate-forme de chargement. Du côté de la terre, abritée des vents de mer, elle paraissait encore solide. Mais quand il voulut pousser l'énorme porte à glissière, elle ne bougea pas. Les roulettes avaient rouillé dans leurs rails. Il choisit la passerelle de gauche, celle où les trous avaient été réparés avec des planches neuves. Elle le mena jusqu'à l'extrémité du long bâtiment triste. Le garde-fou manquait par endroits. Il se pencha avec précaution pour regarder l'eau sombre, dessous, qui bouillonnait et clapotait autour des piles couvertes d'algues et de bernicles.

Il trouva une porte. Fermée par des planches clouées. Il continua une vingtaine de mètres et en trouva une autre, telle que la première. Il tira sur une des planches. Les clous sautèrent et elle lui resta dans les mains. Il pivota et la jeta par-dessus bord, dans la marée. Les clous de la deuxième cédèrent tout aussi facilement. Il recula, en faisant attention où il mettait les pieds, et rua dans la porte. Elle tomba dans un grincement de charnières arrachées au bois pourri. Un nuage de poussière s'éleva. La porte s'inclina, glissa par un trou dans le plancher et plongea dans la mer.

En se cramponnant au chambranle, il regarda à l'intérieur. L'endroit paraissait immense et complètement vide mais la lumière était mauvaise. Des dizaines d'années d'embruns avaient bouché les hautes fenêtres. La seule véritable lumière provenait des trous du toit, au-dessus des grandes poutres de bois blanc maintenues par des écrous qui devaient saigner de rouille depuis longtemps. Parmi les poutres, les rayons de lumière, des hirondelles voletaient autour de leurs nids. Leurs cris aigus se répercutaient dans le vide. Dave tâtonna du pied autour du seuil, appuya un peu sur une latte. Elle lui parut solide. Sans lâcher le cadre de la porte, il pesa de tout son poids. La planche tint bon, il lâcha le chambranle et se trouva à l'intérieur, dans l'obscurité, avec les cris perçants des hirondelles au-dessus et le clapotis de la mer dessous.

Il regretta la torche du coffre de l'Electra, accroupie sur ses pneus à plat sous le Bayfront Motel. Il avança dans le noir, essaya chaque planche avec prudence, en se tenant au mur. Quelque chose se dressait entre lui et la faible lumière. Toute la machinerie n'avait pas été emportée. Il y avait là des tuyauteries étagées, des plaques d'acier, des rouages, des chaînes de transmission cassées. Les figures pâles des cadrans et des manomètres le regardaient. Il crut sentir encore l'odeur de poisson qui cuit. Il fit pas mal de pas avant de dépasser la machinerie. Et il faisait très noir. La mer avait du muscle, par ici, et toute la vieille structure tremblait.

Il commença à se méfier du plancher. Il songea qu'il avait peut-être mal deviné, qu'il devrait renoncer.

Puis il pensa que la structure tremblait parce que quelque chose la frappait, quelque chose de lourd. *Clank*, ça faisait dans l'obscurité. *Clank. Clank*. Un bruit mesuré, rythmé, creux. Et à chaque fois, le plancher frémissait. Il sourit sombrement. Il revit Tyree Smith, ivre, chancelant, sous le jacaranda. *Où est-ce que tu planques ton bateau ?* Des voix, portées par la mer, déchirées par le vent, parlant de brouillard, de marées, de prises à la petite radio brillante dans le bureau de Ben Orton. Dave s'écarta de la sécurité précaire du mur. C'était en bas, dans le noir. Pas loin maintenant, pas loin.

Il se laissa guider par les chocs sourds. Et par une ligne de lumière si étroite qu'elle disparaissait à tout instant. La jointure de deux battants de porte ? Il fit une vingtaine de pas sur des planches sans défaut. Et puis il mit le pied dans le vide. La surprise lui arracha un cri. Le son monta jusqu'au toit métallique, ricocha, et pendant un instant les hirondelles se turent. Les chutes dans le noir sont toutes semblables, on ne peut pas juger de leur longueur. Il s'attendait à de l'eau. Ce n'en était pas. Il tomba sur une surface horizontale dure, atterrit sur ses pieds, mais déséquilibré.

Puis il se cogna la tête.

Quelque chose le frappa brutalement au ventre. Il gémit et roula sur le flanc. Il reçut un autre coup dans les reins. Il voulut y échapper et tenta de ramper. La douleur explosait sous son crâne. Il ne bougea plus. La douleur se calma lentement. Il toucha sa tête et ramena ses doigts mouillés et poisseux. Ce fut dans les côtes que quelque chose s'enfonça, plutôt comme un coup de pied. Il roula encore, en faisant attention à sa tête cette fois, mais pas assez. La douleur le fit couiner. Il attendit qu'elle s'apaise et ouvrit les yeux. De la lumière les frappa, la féroce lumière de la fin du jour. Il les referma. Mais ses autres sens fonctionnaient. Sous lui, les planches vibraient. Dessous, il y avait le claquement d'un moteur, le frémissement d'un arbre d'hélice. Il entendit de l'eau se fendre sous une étrave, de l'eau bouillonner plus loin derrière. Le pont se souleva et retomba. Du vomi lui monta à la gorge. Pas à cause du mouvement, il n'avait jamais le mal de mer. De la commotion, forcément. Il n'arrivait pas à voir, sa vue se brouillait mais la main qu'il porta devant ses yeux était pleine du sang de sa tête. Il respira en haletant, rapidement, pour lutter contre la nausée. Il fut brutalement saisi sous les bras. La figure barbue et tannée d'Al Franklin était au-dessus de lui, à l'envers. Il remit Dave debout, sans ménagements.

— Allons, bougre de salaud, de fouinard. Hors de mon bateau et hors de ma sacrée vie.

Il fit tourner Dave en l'étouffant entre ses bras. Horizon rouge, superstructures blanches, éblouissement de verre tourbillonnèrent. Dave se laissa aller. Franklin chancela.

— Aide-toi un peu, nom de Dieu. Cette épave ne va pas se piloter toute seule. J'ai pas le temps de déconner avec toi.

Le bateau tangua. Des embruns volèrent. Ils valsèrent comme des ivrognes. Le bateau roula. Ils tombèrent l'un contre l'autre, brutalement, le long du plat-bord de bois. Franklin l'enlaça par la taille et s'efforça de le soulever. Très loin, Dave distingua la côte, La Caleta minuscule, les fenêtres qui reflétaient l'incendie du couchant. Le bateau plongea dans un rouleau et frémit. De l'écume clapota autour de leurs jambes. Dave se cramponna à la main courante, se souleva – la douleur ondulait dans sa tête – et frappa du pied de toute sa force. Sur le cou-de-pied de Franklin. Il n'était protégé que par une sandale. Franklin le lâcha. Si brusquement que Dave tomba à genoux. Il glissa sur le pont mouillé et s'écrasa contre le bord d'une écoutille ouverte. En bas, il y avait des caisses brisées et des paquets de paille d'emballage. Franklin lui tomba sur le dos et tenta de le tirer en arrière. Dave lui mordit les doigts. Franklin l'assomma d'un coup de poing au-dessus de l'oreille. Dave perdit connaissance.

Il se réveilla le nez dans son propre vomi. Il se tourna. Franklin se dressait au-dessus de lui, ses longs cheveux volaient au vent. Le bateau pencha et il tomba assis lourdement. Il y avait quelque chose sous la main de Dave, une barre de métal froid, mouillé. Franklin se releva en vacillant et se rua sur Dave. Dave lui balança le levier à la tête. Il ne la manqua pas. Franklin roula avec le bateau et se coinça en tas contre le plat-bord.

Dave se traîna vers la timonerie.

— L'eau de la fontaine n'a pas lavé tout le sang ni les cheveux, dit Jerry Orton. J'ai pu les voir. Et ses empreintes graisseuses. Je n'avais pas besoin du labo. Ni de vous. J'avais besoin d'une arrestation.

— Comme ça, tout à coup, dit ironiquement Dave.

Il était couché dans une longue salle neuve où les lits hauts étaient séparés les uns des autres par des draps blancs lacés sur des cadres à roulettes. Il occupait le lit voisin de la fenêtre, parce que la salle était vide et que c'était le seul endroit où on pouvait le mettre. Les chambres particulières du tout petit hôpital de La Caleta étaient complètes. L'une d'elles abritait Al Franklin, surveillé par des policiers... Par la fenêtre, Dave voyait le golfe bleu, les rochers noirs déchiquetés, le goémon brun à la dérive. Deux loutres jouaient dans les algues. Tout en poussant du bout de la fourchette, sur son assiette, un petit déjeuner insipide, il en observait une qui se couchait sur le dos dans la mer, serrait contre sa poitrine un crabe gigotant, le cassait en deux et fourrait la chair dans sa bouche. Elle avait l'air de rire de joie.

— Alors vous êtes allé à la galerie, vous l'avez demandé d'une voix forte et vous avez laissé Mona Windrow vous retenir en faisant la causette pendant qu'il filait par la porte de derrière et sautait dans son bateau, dit-il avec un petit rire bref et douloureux. Vous n'aviez peut-être pas besoin de moi, mais moi j'avais bougrement besoin de vous.

Jerry Orton secoua sa tête bien nette :

— Jamais. Vous vous êtes très bien occupé du salaud. Vous vous êtes occupé de tout. Très bien.

Il paraissait dégoûté de lui-même.

— Pas dans le bon ordre, dit Dave.

— Je vous ai gêné. Je vous fais des excuses.

Dave haussa les épaules. Et grimaça. Il avait mal dans tous ses muscles.

— Vous cherchiez à protéger votre famille. Alors dites-moi... qu'est-ce que Franklin raconte ? Pourquoi a-t-il tué votre père ?

— Autodéfense. Mon père allait l'arrêter. Quand Franklin a franchi le portail de la terrasse, portant une de ces sculptures – pour lui montrer que le voyage avait été… euh… une réussite – mon père l'attendait avec un revolver.

— Quel genre de réussite ? murmura Dave.

— Enfin quoi, il avait rapporté ce qu'il était allé chercher. Mon père avait financé l'expédition. C'était une idée de Mona Windrow. Franklin est son frère. Il connaît le Mexique, le Yucatan, le Guatemala. Elle nous l'a dit ce matin. Tout sur ces vieilles idoles.

— Il est archéologue ?

— Il travaille pour eux, pour des musées, des universités. Il dirigeait les expéditions, le côté pratique, le matériel, les bateaux, les jeeps, les camions, tout ça. Il devait connaître les bons endroits pour creuser. Il a rapporté une pleine cargaison, pas vrai ?

— Alors pourquoi est-ce que votre père l'a accueilli avec un revolver ?

— Parce qu'il avait découvert que c'était illégal. Ces objets sont des trésors nationaux, même ceux qui sont encore enfouis dans la jungle. Le gouvernement mexicain vous condamne à mort, pratiquement, si vous les faites sortir du pays, et le gouvernement US collabore. C'est plutôt une ironie du sort… Un truc que mon père a lu dans cet ouvrage sur l'art mexicain que Mona Windrow lui avait donné lui a mis la puce à l'oreille. Et il a écrit aux experts du musée cantonal de L.A. J'ai trouvé la lettre qu'ils lui ont envoyée, hier soir dans son bureau. C'est comme ça que je le sais. (Ses yeux étaient bleus, innocents et clairs. Il avait l'air d'un Louveteau résolu.) Mais je vous l'ai déjà dit. Jamais mon père ne se serait prêté à quelque chose d'illégal.

— Vous me l'avez dit.

Dave hocha la tête et ferma les yeux. Il recommençait à voir double et la douleur revenait sous son crâne.

— Je ne vous ai pas cru. Il a envoyé Lester Green en prison sous une fausse accusation pour marijuana. Il a fait incendier le journal d'Eddie Suchak alors que Suchak allait en publier la raison. Il avait une idée assez spéciale de la légalité. Je ne vous crois toujours pas, dit Dave en rouvrant les yeux. Qu'est-ce que Franklin dit ? C'est l'explication que votre père lui a donnée ?

— Tout ce que Franklin raconte, c'est ce qui s'est passé, pas ce qu'on a dit ni pourquoi. Pourquoi est-ce lui que vous croyez et pas moi ? Un contrebandier. Un assassin.

Orton était tout rouge.

— Parce que vous acceptiez comme parole d'Evangile tout ce que votre père vous disait. Jamais de votre vie vous ne l'avez mis en doute. Vous êtes un vrai croyant. Ça fait de mauvais témoins.

— Vous ne comprenez pas, dit Orton. Il y a des moments où la loi est trop lente. Elle n'est pas souple. Il y a des méfaits qui se commettent qui ne sont pas dans les textes. On doit les combattre quand on est un représentant de la loi. On ne peut pas les laisser continuer.

— Le mariage de votre sœur avec Lester Green, par exemple ?

— Ça, c'était une chose personnelle, une affaire de famille. L'autre truc, c'était une affaire d'administration. Mon père était un Américain loyal.

Dave entendit le léger tintement d'un chariot et tourna la tête vers la porte ouverte au fond de la longue salle, au-delà des lits stériles et vides.

— Expliquez-moi une chose. Si votre père ne savait

pas que l'entreprise qu'il finançait était illégale, pourquoi est-ce qu'il s'est servi de la conserverie pour abriter et décharger le bateau en secret ?

Orton rougit.

— Pour que ma mère n'en sache rien. A cause de Mona Windrow. S'ils déchargeaient au quai et portaient la marchandise à la galerie en plein jour, devant Dieu et tout le monde, les gens allaient poser des questions, faire le rapprochement, bavarder, et elle l'apprendrait. Et elle était jalouse. Ce n'était qu'une association d'affaires mais elle n'aurait pas vu ça comme ça. Je ne sais pas pourquoi. Elle n'avait aucune raison. Ce n'était pas un homme comme ça. Leur mariage était parfait.

Dans la tête de Dave, la douleur augmenta. Il dut fermer un œil pour voir Orton. La nausée revenait.

— Demandez à votre femme quel genre d'homme il était, murmura-t-il.

Orton secoua désespérément la tête.

— Non. Pas mon père.

— Tyree Smith avait une bonne petite vie bien tranquille, à l'abri dans sa petite chambre derrière la galerie de Mona Windrow à Monterey. Et puis votre père et Franklin l'ont détruite.

— Qu'est-ce que Tyree Smith vient faire là-dedans ?

— Il avait des lettres. (Dave regarda encore du côté de la porte, d'un air suppliant.) D'Al Franklin à Mona Windrow. Ils avaient menti à votre père. Ils ne sont pas frère et sœur. C'est son amant.

— Nous avons brûlé toutes les saloperies qu'il y avait dans sa caravane, dit Orton. Nous avons fait un grand feu de joie, sur la pointe.

— Elles n'étaient pas dans sa caravane. Vous saviez

où elles étaient. Cette lettre du musée n'est pas la seule que vous avez trouvée dans les dossiers de votre père hier soir.

Orton pâlit :

— Comment l'avez-vous découvert ?

— Je n'ai rien découvert. Mais j'ai besoin d'une explication qui colle. Votre père n'aurait jamais fichu en l'air une opération qui allait lui rapporter un tas de billets de dix mille dollars uniquement pour l'amour de la Bannière Etoilée. Vous-même ne pouvez plus le croire. Ça n'était pas ce genre d'homme, Jerry. Mais c'était le genre d'homme qui chercherait à tuer Franklin une fois qu'il aurait lu une de ces lettres. Et il l'a fait.

— Pourquoi devez-vous tout démolir ? cria Orton. Pourquoi ne pouvez-vous croire à rien ?

— Ne pleurez pas. Racontez-moi comment Franklin a fait le coup.

Une grande infirmière à la poitrine plate entra en poussant le chariot.

— Votre père n'était plus jeune mais il avait l'air en assez bonne forme. Et il avait un revolver. Comment est-ce que Franklin l'a tué ?

— Il s'est rué sur lui, marmonna Orton d'un ton boudeur. Mon père a tiré. Il l'a manqué mais Franklin est tombé comme s'il avait été touché. Mon père est allé se pencher sur lui et Franklin a saisi un morceau de la statuette brisée et l'a frappé avec.

L'infirmière montra des dents chevalines dans un sourire mécanique :

— Je regrette mais il est temps que ce patient se repose.

Orton reprit sa casquette ornée de l'insigne.

— Si je peux faire quelque chose, marmonna-t-il, et il s'éloigna.

— Procurez-moi un nouveau train de pneus, dit Dave.

L'infirmière rabattit le drap. Une seringue scintilla dans la lumière de la mer.

— Tournez-vous sur le côté, s'il vous plaît, dit-elle.

Quelque chose de doux et de léger atterrit sur le lit. Dave ouvrit les yeux. Une figure noire se brouillait devant lui. Il essaya de sourire. Il voulut tendre les bras. On l'avait tellement bourré de calmants qu'il avait la bouche sèche et engourdie mais il parvint à articuler :

— Je croyais que tu ne viendrais jamais.

— Il n'est pas venu, répondit la figure brouillée.

Dave ferma fortement les yeux et les rouvrit. La figure floue poursuivit :

— Et il ne viendra pas. J'ai rapporté le cadeau que vous lui avez fait. Et je veux que vous me compreniez. Vous allez le laisser tranquille, désormais. C'est clair ? Vous êtes conscient ?

Dave réussit à mettre au point sa vision. L'homme portait un costume clair bien net, neuf, des lunettes à monture d'argent, il avait les cheveux coupés assez court, nets.

— Je suis aussi conscient qu'on me le permet dans cette boîte.

— C'est la quatrième université où je l'inscris. Pour l'arracher à ça. Et ça a marché jusqu'à ce qu'il vous rencontre. Mais vous n'allez pas rester. C'est ce qu'il dit. Votre place est à L.A. Et c'est parfait. Vous allez retourner à L.A. et laisser Cecil tranquille.

— Il a vingt et un ans, dit Dave.

— Pas avant dix-huit mois et j'ai promis à sa mère et à la mienne, quand elle est morte, de veiller sur lui, et avec l'aide du Seigneur je vais tenir cette promesse et vous n'y avez aucune place. Si jamais vous cherchez à le revoir je vous ferai mettre en prison.

— Le gardien de son frère, murmura Dave.

— Tout juste, dit l'homme bien net, et ce n'est pas facile.

— Ça ne le deviendra pas.

— Si. Si vous vous en allez, dit l'homme bien net.

— Je m'en irai si vous partez, dit Dave, et il se tourna vers la fenêtre.

Quand il se réveilla, c'était l'infirmière à la poitrine plate qui se tenait à son chevet. Elle cligna des yeux sur le chapeau jaune. Dave ne l'avait pas touché. Il était encore là où l'avait jeté l'homme bien net. Elle le prit et le retourna entre ses mains. Les sourcils haussés, elle regarda Dave puis encore le chapeau.

— J'avais l'intention de le porter pour sortir d'ici, dit Dave. Pour cacher les pansements.

Elle secoua la tête et posa le chapeau sur la lampe.

— Il ne vous ressemble pas, dit-elle.

FIN

DU MÊME AUTEUR

Aux Éditions Gallimard

Dans la collection Série Noire

UN BLOND ÉVAPORÉ, *n° 1408*
LES MOUETTES VOLENT BAS, *n° 1730*
PETIT PAPA POURRI, *n° 1912*
C'EST DE FAMILLE ! *n° 1921*
LES RAVAGES DE LA NUIT, *n°2026*, ET FOLIO, *n° 2626*.

Composition Infoprint
Impression Société Nouvelle Firmin-Didot
le 23 décembre 1994.
Dépôt légal : décembre 1994.
Numéro d'imprimeur : 29355.
ISBN 2-07-038883-2/Imprimé en France.

67331